ANNE-SOPHIE SUBILIA

NEIGES INTÉRIEURES

Préface d'Astrid de Larminat

ZOE
Poche

Références des citations :

p. 61-62 : extrait de Hippocrate, Des airs, des eaux et des lieux, *traduit par Ch. V. Daremberg, Charpentier/Fortin, Paris, 1844, § 1 (disponible en ligne).*

p. 76 : extrait de Herman Melville, Moby Dick, *traduit par A. Guerne, Phébus, Paris, 2005, p. 282.*

www.editionszoe.ch
Maquette de couverture : Notter + Vigne
Illustration : © Benjamin Ruffieux, 2019
ISBN 978-2-88907-005-3

Les Éditions Zoé bénéficient du soutien de la République et Canton de Genève, et de l'Office fédéral de la culture.

Préface

Quarante jours dans le désert arctique

Quelque part dans l'Arctique, un petit voilier longe les côtes. À bord, quatre hommes et deux femmes, dont la narratrice qui tient son journal. Elle désigne ses coéquipiers par une lettre, sans doute l'initiale de leur nom : Z., T., S., N., C. Avant d'embarquer, ils ne se connaissaient pas et, par un accord tacite, ne se sont pas raconté leur vie. Pendant quarante jours, ces inconnus vont partager un espace exigu perdu dans une immensité désertique. Parfois, la narratrice a tellement besoin d'échapper à la promiscuité qu'elle demande d'accoster, s'en va courir dans les terres inhabitées. «Je ne m'acclimate pas aux dimensions. La part laissée au ciel est effrayante.»

Le lecteur est immergé dans ce huis clos décrit au jour le jour. Le récit commence après leur départ, s'achève avant l'arrivée, comme suspendu dans le vide. Le but de leur expédition n'est pas mentionné. On sent qu'eux-mêmes l'ont oublié. Tout paraît si dérisoire lorsqu'on est confronté à ce paysage virginal, avec sa faune et sa flore abandonnées à elles-mêmes. On a l'impression que Dieu vient de s'absenter après l'avoir créé.

La narratrice observe leur groupe, la façon dont il interagit. Le capitaine est ombrageux, sarcastique. Il voudrait rendre ses équipiers plus autonomes, endurcis. Mais tenant à conserver l'ascendant qu'il a sur eux, il ne cesse de les rappeler à l'ordre. L'autre fille de l'équipage, C., est timide, attentionnée, gracieuse. Elle a besoin de se sentir aimée, mais tout ce qu'elle fait pour contenter les autres les exaspère. La narratrice elle-même est sur ses gardes. Pourquoi se sent-elle en rivalité avec C. et avec le capitaine ? Pourquoi n'arrive-t-elle pas à passer outre les apparences pour mieux les connaître ?

Que cherche-t-elle ? Elle se scrute. « Si je regarde au-dedans, comme mon cahier invite à le faire, je prends peur de moi-même. » Son introspection est sans complaisance. Comme un examen de conscience, une confession générale. Elle ne se donne aucune circonstance atténuante. Lorsqu'elle a trop froid, elle se réchauffe en répétant trois prénoms, Diana, Martha, Vania. Un jour, elle ouvre une lucarne sur son passé : Vania avait 5 ans lorsqu'elle en avait 10, dans le foyer d'orphelins où ils ont grandi. Elle l'avait pris sous sa protection. Pour lui, elle devait être forte. On n'en saura pas plus. Mais on comprend que le huis clos du bateau lui rappelle celui du foyer.

En regardant les autres écrire leur propre journal de bord, elle note : « Chacun veut à tout prix cerner ce qu'il cherche, intimement, à travers ce voyage. » Elle-même, que cherche-t-elle ? « Dis-moi où tu te caches, Dieu ? Je demande que tu reviennes, que tu arrêtes de me laisser en plan. Je m'en veux de te vouloir à ce point. Tu déchires un à un mes masques, mais me laisses avec eux. » Au terme de cette traversée du désert, rien de fracassant n'advient. Les vraies révélations sont murmurées. Elles ouvrent des passages dans les forteresses intérieures.

Astrid de Larminat

Premier cahier

En ce réduit, que de félicité.

Paul-Émile Victor, *Boréal*

Courir

Le bruit d'un torrent près des tempes
le bruit du vent dans le cou
je suis seule
pour un moment
j'écris vite et mal
dans ma tête il y a un bourdonnement de corde tendue
je ne comprends pas ce que c'est
si c'est positif ou négatif
peut-être un reste d'excitation.
Pour le moment rien ne me rassure
ici, le paysage m'est hostile.
Je le repousse depuis notre arrivée.
Je vais courir chaque fois que c'est possible.
Mes camarades ont bien compris que c'était nécessaire.
J'ai besoin de me défouler et quand je reviens je suis plus calme.
Ce n'était pas prévu.

Maintenant c'est devenu une habitude.
Quand je cours je reprends une sorte de pouvoir. C'est sans doute une chose de civilisation.
C'était la deuxième ou troisième fois qu'on nous déposait à terre. On s'était éparpillés pour faire nos besoins. À voir les visages quand on s'est retrouvés, on pouvait tout de suite lire qui avait pu se soulager et qui non. J'étais du premier groupe. Mon sourire devait paraître agaçant pour les camarades qui avaient encore mal au ventre.
Je me suis mise à courir dès le début. En partie à cause du type de sol.
Cette mousse, je n'en ai pas l'habitude, elle donne envie de se propulser.
Les pistes, il n'y en avait aucune. Bien sûr, pas de sentier. C'est d'ailleurs perturbant.
J'ai fait le tour d'un lac avant de monter vers un amas de roches. J'étais prudente, un accident serait problématique. Arrivée sur la crête, le paysage s'est ouvert, dominant plusieurs vallées.
J'ai pris conscience de l'immensité et d'un certain miracle. Au loin, au fond du fjord, un glacier gris tombait dans la mer. J'ai dit *merde que c'est beau* juste

dans ma tête. Je ne savais pas quoi penser d'autre.
Il faut que je m'arrête. Écrire prend du temps et on en manque.

Expulser Je voulais dire que si je me suis mise à courir, c'est aussi pour expulser un malaise qui sinon grandit. C'est dans la gorge que ça commence à rétrécir. Ça m'est arrivé presque tous les jours depuis le début de l'expédition. Ce n'est pas une question de température et je sais que ce n'est pas un mal de gorge. Ça se propage ensuite dans le thorax et parfois ça va même jusqu'à la migraine. Je n'ai pas le mal de mer, mais j'ai cette autre chose. On dirait que tout se rétrécit. Il faut dire qu'à bord l'espace est assez minimal. On se bouscule facilement sans faire exprès et lorsqu'on s'assied dans le carré, on se demande si on prend la place de quelqu'un. On n'a pas d'intimité, sauf quand on regagne sa couchette sarcophage. Grâce à une paroi, on a une sensation d'isolement entre nous.
N. dit que pour lui, le seul moment où il peut vraiment se retrouver avec lui-même, c'est la nuit. Le reste du temps, on est soumis à nos présences.

Il faut aimer ça sinon on est foutus. Alors courir est utile. Si je reste immobile, il se peut que je me retrouve ensevelie sous tout ce qui provient des autres. On vit les uns sur les autres comme dans une navette spatiale. Et le paradoxe, c'est cette immensité dans laquelle nous flottons.

Au début je ne parvenais plus à entendre mes pensées. Ma tête était prise d'assaut par les camarades les plus bavards. C. est de caractère timide et effacé, c'est celle qui parle le moins et prend le moins de place. Nous cherchons constamment l'équilibre collectif. Parfois le paysage passe au second plan. La vie à bord prend le dessus et on doit régler ce quotidien pour assurer notre avancée.

Cabane I J'écris tout simple.

Pas la force de faire mieux pour le moment.

On vient de me déposer.

Les autres restent sur le bateau.

Le soir est en train de venir, je ne ferai pas long, juste le temps de l'inventaire.

C'est une cabane de chasse peinte en vert olive, sur des pilotis, à environ 30 mètres du rivage.

J'ai peur qu'ils ne reviennent pas me chercher.
C'est étrange d'avoir cette pensée.
La cabane me servirait de refuge, mais je n'ai pas vu grand-chose à manger dedans sauf une boîte de petites saucisses allemandes et des soupes en sachet.
Je suis à l'intérieur. Il y a une fenêtre qui donne sur le fjord, une banquette, un sommier, une table en bois et les objets de base. Le vitrage de la fenêtre est solide et récent. Le conduit du poêle à bois semble neuf.
C'est confortable et propre, mais je suis déconcentrée.
Une grande veste de pêcheur est suspendue dans l'entrée. Je veux la décrire de manière exacte et pour ça je l'enfile : elle m'arrive aux genoux, elle sent le camphre, ce n'est pas désagréable.
Il y a aussi une salopette avec l'écusson industriel qu'on voit souvent.
Des crayons et des allumettes. Il y a tout pour être bien.
Je pense même que cette cabane est bien fréquentée par les autochtones.
C'est comme si on venait de la quitter.
J'ai peur que personne ne revienne avant l'année prochaine. Qu'ils me

laissent. Qu'ils se trouvent mieux sans moi.
Je sais avec ma tête qu'ils n'oseraient jamais. Alors pourquoi la peur ne s'en va pas ?
C'est ça quand je dis que ce voyage nous expose tout le temps à nous-mêmes.
Je guette à la fenêtre. La mer est encore calme, mais la lumière commence à baisser. Je veux m'assurer que le bateau est encore là et qu'il est animé. C'est le cas, ils ont même fait du feu à bord, j'aperçois la fumée. Je réalise qu'il fait froid et que ma main a de plus en plus de mal à écrire.
Ils sont venus me chercher juste avant la nuit. Les silhouettes des montagnes étaient devenues plus sombres que tout le reste.
J'ai caché mes mains sous les manches. Pour cette question du froid on s'est juré qu'on veillerait les uns sur les autres et que si l'un de nous décelait une engelure, il devrait le signaler tout de suite.

Enduire tout à l'heure mes doigts et mes orteils de gaulthérie.

Cette nuit un morceau de glace a heurté le bateau. Je le note parce que plus nous avancerons, plus nous aurons de la glace. Heureusement il n'y a pas eu de dégâts, mais nous allons devoir veiller à tour de rôle. C'est mon tour. Je n'ai rien dit pour mes doigts. Écrire me fait mal, mais me tient chaud. Et aussi parce que j'ai réfléchi. Je crois que si je devais décrire les aurores boréales, je dirais qu'elles ressemblent à des flammes au ralenti. Leur danse aléatoire me fait penser aux flammes. C'est émouvant, je ne sais pas pourquoi. Sans doute parce que c'est inhabituel, éphémère, et qu'il n'y a pas de geste humain pour décider de les produire.

Inlandsis Nous marchons toute la matinée et nous passons un col jusqu'à entrevoir l'intérieur des terres, cette masse blanche, mythique, parmi les dernières du monde.

Je repense aux paroles de Diana le lendemain de notre arrivée.

« You may see the ice sheet… »

Je me souviens de ses lèvres prune, un beau visage.

« Our frozen territories », avait-elle dit en soulevant sa cape pour sortir une

main gantée de daim qu'elle avait posée sur la carte.
« And nunataks... » Les pitons rocheux. Cette hôtesse du centre culturel me plut immédiatement. Je l'adoptai comme notre ambassadrice. Elle a fait quelques pas en arrière en nous laissant son odeur de musc. Figure des toutes premières heures.
Rencontre éphémère.

T. lance les paris sur le temps qu'il reste à la calotte.
Il compare la relique blanche à une vieille dame fortunée et mourante. Les héritiers n'attendent qu'une chose.
C. le gronde. Elle prend son visage de poupon sérieux. Elle dit que d'autres glaciations suivront. Sa bouche se referme en une moue. On attend qu'elle reprenne la parole, mais elle se tait.
Et puisqu'on est dimanche, elle sort six petites boules de pain au sucre qu'elle a faites pour nous. Une tradition dans sa famille.

Dimensions

Maintenant que nous y sommes, je ris de nous. On dirait la terre avant l'arrivée des humains. S. a raison, c'est trop grand pour quiconque, ça donne envie

de bâtir. Les montagnes ici ne s'arrêtent jamais, j'ai beau courir. Les camarades me disent de faire attention à moi, mais globalement ils se sont habitués à mes évasions.
Terre et mer. Après six jours je ne m'acclimate pas aux dimensions. La part laissée au ciel est effrayante. Je vois de la neige et des oursins en superposition. Dès que je sens venir le vertige, je convoque Diana en pensée ou je fixe la chaussure montante de N. et je compte chacun des petits crochets métalliques qui retiennent le lacet brun. Il y en a vingt-huit, quatorze par botte.

Motifs À la fin d'une journée, chacun rapporte son livret d'exploration. Je synthétise nos impressions dans le petit ordinateur que nous avons emmené. Cette tâche me canalise. La calligraphie de N. me plaît. Sismographique, resserrée, pour abréger il utilise les tildes comme au XVIe siècle et invente des symboles dont j'ai établi la légende.

Chacun veut à tout prix cerner ce qu'il cherche, intimement, à travers ce voyage. Pourtant j'ai l'impression que c'est dans nos moments de somnolence que nous sommes les plus lucides, les plus humbles. En tout cas c'est ce que je sens quand j'ai le temps de regarder le visage assoupi de N. et le mouvement sous ses paupières.

Ce qui nous relie tous les quatre, c'est l'architecture et le paysagisme.
Ces 40 jours doivent nous servir. On s'inspire pour plus tard.
Ce sera d'autant plus vrai si on nous confie le mandat de la nouvelle cité alpine.
La voile, je m'en passerais.
J'aurais préféré qu'on séjourne dans un lieu habité et rayonne à partir de là. Les camarades m'ont convaincue et rassurée. N., le plus marin de nous, pense que le cabotage nous apprend à regarder le paysage du littoral selon une double perspective, du dehors et du dedans. Tantôt on l'embrasse, tantôt c'est lui qui nous embrasse. Et puis quelle approche plus naturelle pour une île ?
Pour capitaine, on a choisi Z. sans le connaître, qui a choisi T. en le connaissant.
Dire que quand on sera arrivés à la petite ville du bout dont j'ai oublié le nom (Nouvelle Thulé ?), une heure

d'avion suffira pour faire le chemin en sens inverse.
Z. mettra *Artémis* en hivernage. Ou alors, il poursuivra vers des mers plus clémentes, avec ou sans T., il ne sait pas encore.
Les camarades et moi, on remontera dans un coucou rouge à hélices.

1er jour Les autres ont vu un renard dans la toundra. Ils disent que c'était presque un chat.
Je n'ai pas encore vu de mammifères, sauf le premier jour, cette peau d'ours polaire pliée en deux sur une barrière et un phoque glissé dans la cuvette avant d'un hors-bord.
Tué d'une balle sûre.

Je n'ai jamais pris le temps d'écrire notre arrivée, ineffaçable, contrairement aux journées en mer qui s'amalgament.
Premièrement, le soupir soulagé de ma voisine dans le dernier petit avion, quand les roues ont touché terre. Elle avait accouché dans un hôpital et rentrait au district. Sur ses genoux, dans une combinaison, le nouveau-né. Deux jours de vie. Au front, un ravissant triangle de cheveux noirs. Il semblait

avoir fait toutes sortes de rêves, sans se réveiller une seule fois.
Deuxièmement, le rendez-vous.
Z. et T. nous attendaient à la sortie de l'aéroport. Une main dans la poche et l'autre libre pour fumer. Deux hommes en pantalons de chantier. L'un blond viking et robuste, l'autre petit, brun, sec, et plus vieux. Ce ne pouvait être que lui, Z., le capitaine.
J'avais le trac.
Jamais je n'étais montée sur un voilier pour y dormir, j'avais pris une fois le traversier.
Z. m'a donné l'accolade comme si on s'était déjà rencontrés. Il nous a présenté T., son « second ». Ils étaient arrivés l'avant-veille. Leur navigation depuis Anvers s'était bien passée, 29 jours sans escale.
À C., je me souviens, il n'a fait qu'une simple bise sans la regarder, pendant qu'il nous parlait. Elle s'est montrée subitement chagrine, elle qui venait de babiller en caressant un husky.
On a rejoint à pied le port industriel.
Les maisons en bois s'écartaient devant l'image de ce qui nous attendait : la mer de Baffin.
Grise, venteuse, illuminée par les convois des glaces.

Le soleil baissait, il commençait à faire froid, on était la mi-août, j'essayais de comprendre où j'étais et si véritablement j'avais choisi quelque chose, voulu ce voyage. J'ai chassé cette pensée, le couchant arrivait derrière les montagnes inhabitées. J'ai pris conscience de la toute petite ville, de sa construction surprenante, acculée entre la mer et les terres. J'aurais bien aimé m'attarder, mais Z. marchait d'un bon pas et on était chargés.
Par-delà les grues, les entrepôts et l'usine à poissons, comme une miniature coincée entre un porte-conteneurs, un pétrolier et des chalutiers, se trouvait un tout petit mât pareil à un cure-dent : *Artémis.* Seize mètres d'aluminium, douze tonnes, taillé pour les mers de glace.

Énorme iceberg

Plus tard.
Courants forts. On vient de dépasser un énorme iceberg marqué par une ligne ferrugineuse qui faisait penser à une ficelle insérée dans la glace. Ce bloc nomade charrie des années de neige et de tassement, des nuits noires entières. Notre passage provoque des tourbillons. N. a l'impression qu'on

écoute et regarde une œuvre. On va en être arrachés vite. Le vent nous éloigne, nous ne faisons que passer, dernier morceau, dernier angle, le bateau emporte l'expérience tandis que le bloc reste temporairement où il se trouve. On l'a regardé diminuer, s'imbriquer dans les pentes de cailloux comme une dent en or dans la bouche d'un riche.

Mousse Z. est capable de naviguer en solitaire, mais il nous met à contribution pour les manœuvres, il a raison. J'ai encore moins de notions que les autres. Quand on prononce le mot *corde*, c'est dix pompes sinon ça porte malheur. Il n'y va pas de main morte. Il éduque nos gestes pour qu'on devienne meilleurs. Sa barbe inégale lui confère une parenté avec certains aventuriers et marginaux. Cette barbe est un blason d'indépendance. Elle dit : là est un homme qui se connaît, qui priorise, qui met son être au service d'une passion.

Il a un corps passe-partout. Il grimpe sur la bôme en moins de deux pour dégager une voile coincée. La plupart du temps, il termine les manœuvres à notre place, sinon on y serait encore.

C. est douée en nœuds de chaise.
Il l'appelle Miss*, il m'appelle Mousse.

* C'est ainsi depuis le premier jour, depuis qu'il l'a vue arriver avec sa valise et ses vêtements de marine flambant neufs, qu'il l'a regardée se réjouir de la mer et du chien errant surgi entre ses jambes.
Il faut dire qu'il nous a tous passés au crible.

Timonerie

Aux heures perdues et quand Z. n'y est pas, je m'assieds à la timonerie, devant les grands hublots et l'écran. J'y prends place sans toucher à rien et de là, je regarde en alternance la mer véridique et la mer numérique.
Des heures de contemplation étrange. Les cartes marines surpassent toutes celles que je connais, terrestres et même célestes.
À l'écran s'affichent des aires bistre, blanches et bleues constellées, comme si quelqu'un avait toussé et projeté au hasard une infinité de particules: symboles, petites croix, ancres, astérisques, flèches ondulées, chiffres et initiales minuscules. Il me manque la légende. C'est une splendide anarchie. Un vertige agréable me gagne. Qu'est-ce qui

est terre, qu'est-ce qui est mer sur ce long littoral déchiqueté en des milliers de fjords et d'archipels ? Ces images m'oppressent un peu, mais m'enivrent surtout. Je me perds longtemps dans des contours formant des îles qui n'en sont pas, parmi des îles qui en sont. Ces cartes sont comme scellées, elles attisent la volonté d'entrer.

Rêverie interrompue.
Z. pousse la porte de la timonerie et me lance un coup d'œil. « Tu peux rester. »
C'est dit comme une permission, une fleur qu'il me ferait. Je voudrais lui mordre la main.
« Si jamais, tout ce qui est en blanc, c'est de la mer. » Il attrape ses jumelles dans le filet des instruments.
Et en bleu clair ? Mais Z. a déjà repris la barre, il n'écoute pas, du moins, il ne me répond pas.
Je hausse les épaules, résolue à m'instruire seule.
Au repas, le capitaine dit qu'une carte marine est un livre ouvert, pas une carte aux trésors. Aucun secret. C'est un espace plane que le cerveau doit mettre en relief à partir de chiffres

(les profondeurs, en mètres) et de lignes méandreuses (les courbes de niveau). C'est accessible à toutes les cervelles.
Savoir que l'essentiel de la mer est en blanc.
Le bleu clair désigne les zones entre 10 et 20 mètres. Le bleu foncé, les zones les moins profondes,
entre 0 et 10 mètres.
Dans ces cas, nous avons la sonde.
Nous avons nos yeux.
J'ai l'impression que tout ce discours froid n'est adressé qu'à moi.

Hyper-borée

Le soleil vient de disparaître.
On arrive au pied d'un cirque de montagnes qui se développent comme une lente caravane.
Ce sont des montagnes plongeantes, elles ne laissent qu'un petit espace de plage sablonneuse en demi-lune.
Il commence à faire sombre, la nuit s'est resserrée autour des sommets.
Il fera froid, le sable sera froid, nous sommes prévenus.
Nous ne sommes pas fous, mais on veut connaître ce que c'est de dormir à terre.

On a dressé la tente d'hiver et préparé un feu avec d'abord rien que des buissons.
Les camarades se sont accroupis avec moi au bord de la mer.
Nous avons lavé nos visages et nos bras au savon.
Un immense soulagement m'a envahie.
Il faudra approfondir cette sensation des deux là-bas, Z. et T. sur *Artémis*, pendant que nous sommes enfin entre nous, les quatre autres.
Nous avions notre tente, ce feu, du riz au lait cuit avec un bâton de cannelle.
N. et C. se sont mis comme des animaux, rejoints par moi et S. qui avait trouvé une grosse poutre à brûler et qui nous a raconté une histoire dénichée dans le coffre à livres du capitaine. « C'était une île insituable, au nord du Nord… Il faut s'imaginer la terre promise, le grand séjour des bienheureux, où le dieu Apollon allait se ressourcer, emmené par ses cygnes sauvages… Cela se passait par-delà les souffles froids du vent Borée, avant les premières glaciations, avant nous tous… La civilisation-mère. Les hommes là-bas vivaient en immortels, ils décidaient eux-mêmes de la fin de leurs jours, et le soleil brillait sans fin. »

S., peu importe ce qu'il dit parfois.
Ce qui comptait cette nuit, c'était cette voix loin des pensées mesquines. La haute flambée nous engourdissait.
Pendant ce temps tout se mettait à bouger autour de nous. Nous croyions voir des silhouettes géantes alors que c'était les blocs erratiques.

Moïse Je me demande à quoi nous servons.
La question ne me fait pas spécialement peur.
Pourquoi ferait-elle plus peur ici qu'ailleurs ?
Je regarde défiler la côte archaïque.
La fumée des nuages sur les montagnes sans fin.
Notre fatigue est surmontable.
Je pense à Moïse. Moïse de la Bible.
« *Moïse pénétra dans la fumée, continua à monter et resta sur la montagne quarante jours et quarante nuits.* »
J'oublie souvent que c'était un vieillard.
Je ne crois pas qu'il redoutait le jour d'après.
Il n'obéissait pas à un autre homme en chair et en os, mais à une voix.

À part

Il est sans doute très tard.
Ils sont tous couchés depuis longtemps.
C'était une longue journée de voile et d'inconfort.
Je viens seulement d'enfourner le premier pain.
S. a accepté de m'initier, que je ne sois pas la dernière à savoir transformer la farine.
Ils sont au lit, je suis à part. Découragement passager.
J'imagine le contentement de Z. dans sa couchette.
« Eh oui, c'est ça faire du pain. »
L'odeur chaleureuse me rend triste.

La lampe de C. est allumée, je crois qu'elle m'attend.
Est-ce que je lui fais pitié ?

Le papillon

Je me souviens, le papillon de Saint-Sauveur. Mercredi 15 août, la veille du départ. Je me sentais serrée dans mes vêtements et je marchais partout dans la ville. J'étais une jeune femme égarée qui a fait sa valise, mais qui est prise de doute. Qui doit tout dissimuler d'elle-même, son sang, sa foi, son caractère, emballer ses cheveux.

L'église du quartier sentait le renfermé, il faisait froid et sombre. Le bénitier ne servait plus. J'ai regardé cette pierre creuse en imaginant que de l'eau allait revenir et jaillir. Je me suis signée de façon mi-profane mi-sacrée. Des bougies brûlaient dans de petits luminaires bleus et verts. J'en ai ajouté une, suis allée m'asseoir sur le banc. Des froissements m'ont fait relever la tête vers un vitrail. Un grand papillon se cognait contre le visage translucide d'un saint. Il essayait différentes portes de lumière, la jaune miel, la bleue de l'habit, la brillante de l'épaule, puis de nouveau celle de la peau du saint. Je fermais les yeux et l'entendais chercher, gratter, perdre sa poudre et recommencer. Il m'offrait sa gloire obstinée. J'ai senti que moi non plus je n'avais rien à perdre, que moi aussi j'étais bénie et veillée quoi qu'il arrive.
Qui d'entre nous oserait parler de sa foi ? Elle ferait la risée de T.

Renifler « Pourquoi tu renifles ? » Je me souviens bien. N. n'est pas le premier à remarquer ce trait chez moi. C'était une des questions récurrentes de Vania au foyer. Ça l'angoissait que je

puisse être enrhumée ou triste moi aussi. Je devais rester invincible, sinon qui s'occuperait de lui ? Il avait cinq ans, j'en avais dix. On était arrivés le même hiver, nos chambres étaient voisines. Sa main aussitôt dans la mienne, sans qu'on n'ait décidé de rien. J'étais contente de devenir une sorte de grande sœur.
Je me comportais en aînée, j'imitais nos référents. À l'heure du coucher, le salon commun me paraissait toujours spécialement désert, délaissé. Il m'arrivait de rester appuyée au chambranle de la porte pendant que les voix montaient aux étages, je n'éteignais pas tout de suite, je voyais que les mômes avaient rangé à leur façon les boîtes de jeux et les coussins. J'avais conscience que c'étaient des jouets d'orphelins, dépareillés, de seconde main. J'étais saisie de rage, j'aurais pu tout casser. Je fondais en larmes. Vania m'attendait au 3e étage, dans son lit, pour que je le borde.

Vania, que fais-tu ce soir ?
Besoin de te revoir.

Portrait À cause de N., je me suis regardée ce matin. Le visage qu'on m'a donné, je l'ai observé comme j'examine les cabanes. Les yeux, la bouche seraient la porte et les volets. J'ai fait le tour des lèvres, larges. L'enchevêtrement des petites peaux mortes comme des tuiles translucides. Mon nez sécrète beaucoup de mucus, c'est vrai. Il est épaté comme ceux des indigènes. Je redoute le jour où un poil élira domicile sur le grain de beauté à l'orée de ma bouche. Je sais déjà que ce sera un poil dont personne n'osera parler, mais que tout le monde regardera. Ce jour-là j'imagine que mes joues seront légèrement retombantes, mais à peine. Je ne pense pas qu'elles suffiront à faire un pli qui avalera le poil. Il me semble avoir moins de rides que les autres femmes de mon âge. L'anneau de narine est mon seul bijou. Je porte ce visage. Je suis peu gracieuse, mais je ne suis pas disgracieuse non plus.

Panne Nous pourrions repartir de là où nous nous sommes réfugiés pour la nuit, mais le moteur ne démarre pas et le vent est tombé.
C'est la deuxième fois que le moteur coince à l'approche de ce qui pourrait avoir été un village.
T. hisse la grand-voile.

Son visage m'est déplaisant. Pourquoi ? Pourquoi je m'en tiens à la façade ? Pourquoi je n'arrive pas à la percer pour connaître mieux cet homme qui me toise ?
Mais il suffit que je tombe sur celui de S. ou que j'observe la peau durcie de N. pour à nouveau être touchée.
Ou quand S. dénude sa main pour apporter son aide. Ses doigts longs et plats donnent l'impression qu'il ne sera d'aucune aide, c'est faux.
Un visage bruni, des poches sous les yeux, les cheveux partout quand il regarde voler les oiseaux sur la mer.
Il suffit de peu.

Effluves et seau d'aisance

De temps en temps, il faut s'arranger avec les effluves humains. Surtout la sueur humide, qui semble antérieure à nous – à cette expédition.
Nos oreillers me répugnent.
Mes articulations gonflées me démangent. Il y a des petits boutons rouges autour d'elles. Je ne comprends pas ce que c'est.
Je ne suis pas en danger. Personne n'est en réel danger.
Alors de quoi avons-nous quand même peur ?

N., S., T. et Z. urinent par-dessus le bastingage. Mais C. et moi la journée, pendant les navigations, on a le seau d'aisance. Un seau noir à corde. C. s'excuse quand elle passe devant nous avec le seau rempli. La gêne et les excuses quand nous passons devant eux pour jeter nos besoins à la mer. Ça me fâche de m'excuser pour mes besoins primaires. Je ne le ferai plus.

Je les envie de pouvoir simplement sortir leur sexe d'une poche, n'importe où, en restant droit, debout.

Froid aux seins

Temps gris. Le feu crépite près de nos têtes.
Mes doigts sont enflés aux articulations et surtout aux premières phalanges. Mon bonnet ne sent pas bon.
C. a rapproché sa jambe de la mienne. Sa jambe est aussi froide qu'une barre de métal.
L'autre jour elle m'a dit quelque chose que je n'avais jamais envisagé. Elle m'a dit qu'elle avait « froid aux seins » et qu'elle ne savait pas si c'était normal.
Elle a rougi d'avoir parlé si librement.
Une fossette poinçonne sa joue gauche quand elle se gêne. Nous avons toutes les deux l'habitude d'avoir le corps

froid, c'est ce que j'ai répondu. Je l'ai vue se frotter la poitrine.
Depuis ce jour, parfois si nous sommes allongées sur les banquettes du carré, nos pieds se touchent, nos chaussettes.
Au point de contact se produit une chaleur inattendue.
Un mini point de ralliement.

Constat: quand C. semble dans un jour faible et vulnérable, je me sens plus combative et moins intimidée par Z.

L'ancre

Notre ancre de nouveau prisonnière des algues. C'est quand nous mouillons dans des fonds marins riches et complexes. On le sent tout de suite en pressant sur le bouton noir du guindeau, c'est lourd, la chaîne fait un drôle de bruit. Alors là, on sait qu'on aura droit à un ballot d'algues emmêlées comme du fil de pêche, des spaghettis verts vigoureux.
N. enfonce le bras dedans avec un couteau pour dégager la chaîne et l'ancre. Il taille dans le tas et repousse la masse afin qu'elle retourne à la mer.
Chute d'étoiles de mer, de crustacés et d'alevins pris au dépourvu.

Il doit parfois s'y reprendre, mais il y arrive toujours et Z. l'en remercie.
Aujourd'hui C. a souhaité s'en occuper.
N. lui a proposé de l'aide qu'elle a timidement refusée. Il lui a tendu le couteau et la gaffe. Un couteau comme ceux que les plongeurs portent à la ceinture. Je crois qu'elle a besoin de nous prouver qu'au-delà des apparences, elle est capable d'une quantité d'actions. Agenouillée à la proue, une partie du buste sous le bastingage, elle s'est battue longtemps avec cette masse ruisselante. La vase tachait la mer de brun. D'une certaine façon, j'étais contente que C. ait autant de peine. Dedans j'éprouvais un mauvais soulagement, celui de la rivale. Pas quand c'est N. Quand c'est N. je suis contente qu'il réussisse vite et bien.
Z., qui suivait la scène du coin de l'œil, a demandé à C. si elle aurait bientôt fini. Sa remarque était tout à fait gratuite.
Ça lui ressemble, le capitaine exerce sur chacun de nous une pression.
Elle s'est retournée sans rien dire, m'a vue.
J'ai eu honte de nous.

Elle s'est obstinée. Elle a libéré notre ancre puis elle s'est relevée, admirable et fumante comme une bête après l'effort.
À la fin Z. l'a félicitée. Des félicitations condescendantes.

Pourquoi est-ce qu'on ne laisserait pas pendre l'ancre à la ligne de flottaison, en marche avant, jusqu'à ce que le paquet se détache de lui-même ? Il me semble que ce serait bien plus simple.

Infantes Avant de partir, nous étions des adultes. Nous n'avions plus l'habitude de demander la permission ni le mode d'emploi avant d'agir. Ici, souvent, on est des enfants, on est des *infantes* – « ceux qui ne parlent pas ». C'est le monde de Z., c'est chez lui. Il a toujours le large pour lui, la mer pour lui, et son bateau pour lui. Ses yeux noisette vous regardent et vous le signifient. Je suis ici chez moi, je suis votre capitaine. Vous êtes chez moi, vous ne prendrez jamais tout à fait vos marques. En barrant, il fixe différents points à l'horizon, très concentré ou feignant de l'être pour éviter de se confronter à moi, à mon regard.

Ces histoires de domination nous travaillent au corps.

Balayette Ce matin, premier levé, N. a fait du zèle en passant la balayette et en préparant le café du capitaine et le sien. Je n'ai fait qu'entrapercevoir la scène. Z. a levé la tête de son livre et lui a souri. N. a continué de mettre de l'ordre à quatre pattes, il a rangé nos effets personnels dans les filets élastiques et nos paires de bottes à l'entrée, nettoyé la table commune au savon et c'est aussi lui qui a fait le feu, en silence. Est-ce que N. se soumet à Z. ? Si oui, pourquoi ? Ce genre de dévouement m'irrite.
Pourquoi est-ce qu'il agit de cette manière ? Pourquoi est-ce qu'il tolère de se mettre à quatre pattes aux pieds de Z. qui lit son roman ?
Ça m'irrite parce que je ne me soumettrai pas, moi.
Ça m'irrite parce qu'en faisant comme ça, il nous trahit. Il trahit notre alliance.

Jeux d'alliance Matin après matin se réveiller, sortir de la cabine, saluer

les camarades déjà levés et chercher à comprendre les jeux d'alliance.
Z. est étendu dans la timonerie en position de lecture. Il ne lève pas forcément les yeux de son livre lorsque nous apparaissons. Il réserve le bonjour à T. son second et à N., qui fait maintenant un excellent sous-adjoint.
Pour les autres, ça semble dépendre de nos précédents actes, mais surtout du type de rapports et d'interactions que nous venons d'avoir entre nous.
Voilà ce que je crois. D'un côté il nous veut forts, capables, autonomes. Il veut faire de nous des nouveaux êtres, endurcis. D'un autre, en s'assurant toujours que nous ne lui prendrons pas son pouvoir et que nous n'aurons pas le temps de nous liguer entre nous, il reste attentif à notre progression pour éviter qu'on oublie qui il est.
Il cultive la moquerie et une certaine ironie planante.
C. est complètement déboussolée.
Je parie qu'il en profite.

Chute de tension

C'est arrivé à C. ce matin.
Nous la portons sur la banquette et nous lui faisons boire du thé sucré.
Elle me sourit, triste.
Après ça je prends mes distances.

C. se sent à part. Elle a besoin d'amitié. Je n'arrive pas à la lui donner, je sens une résistance difficile à expliquer. J'aimerais la voir encore un peu souffrir et s'enlaidir, qu'ils la châtient. Ça me rassure sur ma propre place dans la communauté.
Aussi je trouverais normal qu'elle se donne la peine de gagner notre estime. Comment, je ne sais pas.
Bilan rapide: j'ai envie de cajoler N. et S., qui ne veulent pas et je n'ai pas envie de consoler C., qui le demande.
J'ai mes cruautés.
Ça ne se voit pas, je ne laisse rien transparaître.
Tenir ce journal, c'est mon autre bouclier.
Peut-être qu'un jour je me ferai très mal, je me blesserai.
Ce sera la monnaie de ma pièce.
Je n'arrive pas à être vertueuse.
Les montagnes brillent sous leur demi-cape de neige.
Les montagnes, encore elles.
Elles vont me faire pleurer.

Pancakes C. prépare des pancakes en silence. Ses mains sont tièdes, je le sais. Je pense que son doigté est très doux et sensible, et qu'à travers son amour de la cuisine elle finira par gagner certains cœurs.

Doigts bouffis aux articulations, un peu douloureux.
Ça a commencé avec le majeur gauche, ensuite le majeur droit.
L'humidité sans doute.

Noctiluca scintillans

Nous voici à l'abri dans un fjord.
Cette fois, on dirait que la nature est d'accord de nous héberger et de s'adoucir.
C'est une nuit claire, étoilée.
Ils sont allés dormir.
C'était beau ce moment quand la dernière lampe frontale, celle de N., s'est éteinte derrière la planche. Je l'ai entendu chercher sa position, se tourner dans son alvéole, probablement côté mer. Quelques minutes ont passé à imaginer que cette nuit de sommeil, celle-ci précisément, allait modifier en partie son visage et aurait le pouvoir de faire disparaître les cernes en biseau. Je divaguais à propos de N. J'ai failli oublier le pain au four.
J'ai pu faire ma toilette sur le pont, avec le gant de toilette et la bouilloire.
La récompense d'avoir à se soulager dehors la nuit, c'est qu'en urinant

dans la mer, on voit se produire des centaines d'étincelles. C'est la bioluminescence. Cette chimie silencieuse du plancton qui vient luire dans le noir.
Le bateau sent la boulangerie, ma peau la fleur de cactus. Chacun de nous connaît de tels instants.
Alors pourquoi est-ce que nous arrivons si mal à les partager et les démultiplier ?

L'iceberg fondu L'iceberg qui s'est écroulé hier dans le fjord et qui ce matin a disparu de notre vue, où est-il allé ? C. dit qu'il a peut-être fondu. (J'ai imaginé tout pareil.) Z. glousse. « Fondu ! » On s'est bien moqués d'elle. Ça ne peut pas fondre en une nuit, c'est impossible. Il se sera déplacé jusqu'au fond du fjord avec le bois flotté et les détritus. Depuis cet instant, C. ne partage plus en groupe ses suppositions, elle nous prend à part, un à un, quand elle souhaite nous entretenir.

Phoques ! Le ciel et la mer ne font plus qu'un, ils ont absorbé l'horizon. Heureusement des îles noires surgissent pour délimiter les deux empires.

J'ai dit à C. de rester le plus ferme possible avec Z.
Il a besoin qu'on lui rentre dedans.
C'est ce que je pense de plus en plus.
C. doute que ce soit la solution, elle dit qu'elle n'est pas douée pour ça.
Elle m'a remerciée pour mon écoute, elle est sortie s'aérer sur le pont.
Visage anxieux de C.
Je la vois à travers le hublot.
Elle fixe le lointain en se tenant d'une main au filin.
Un duvet clair protège la peau de son visage. Lumière rousse sur ses joues.
Soudain, grand sourire, elle toque à la vitre pour me prévenir qu'il y a des phoques. « Beaucoup ! »
J'ai rarement vu C. aussi réjouie.
Le temps que je la rejoigne sur le pont, les phoques ont disparu.
Je sens combien cette rencontre fait partie de ses joies solitaires et douloureuses.

Ma pilosité est accrue. Je sens la présence d'une moustache. Elle doit être foncée comme le reste.

Contemplation Les îles sont moins noires qu'hier.
On voit leur ocre, leur teinte terracotta et la couture blanchâtre des marées.

Le ciel nous occupe pendant des heures.
En silence, sur le pont du bateau.
On est pris par ces nuages de basse altitude aux ourlets pâles qui se défont à mesure, glissent et se recomposent ailleurs. Les gris sont picotés de lumière, les formes se désagrègent, des îles viennent puis disparaissent, décapées, parfois ce n'est que de la pierre chauve. Les nuages enchâssent ce qu'ils rencontrent, frôlant la surface et la bordure brillante des minuscules vagues actuelles, la pensée est minimale, le visage reçoit tout, ce vent, ces embruns. C. passe presque tout le jour à contempler en silence, le bord de son œil recommence à briller.

Purger Z. pense que le diesel trouvé sur le rivage était de mauvaise qualité, mais il ne se fâche pas, il ne gronde personne. T., son second, en fait son affaire. Il y passe la matinée et purge deux fois le moteur. Il le démonte complètement et nettoie une à une chaque pièce, les injecteurs, le filtre, les petits tuyaux. Pour une fois il y va à fond. Il propose de revendre ce gasoil quand nous arriverons à la ville.

J'ai peur que notre bateau se déglingue.
Et s'il n'était pas aux normes ?

Bios C'est rare qu'on évoque nos biographies. C'est comme si nous avions formulé le pacte d'en dire le moins possible. Si on est ici, c'est pour le paysage. C'est bien sûr illusoire de mettre nos vies de côté.
S. se montre parfois très curieux en soirée, après nous avoir fait la lecture. Il touche mes cheveux et demande d'où ça sort. Je ne réagis pas. Les autres rigolent. Je rigole éventuellement, mais jamais pour de vrai, je rigole pour protéger ma forteresse. D'ailleurs c'est un rire qui ne dépasse pas le niveau des dents. J'imagine que personne n'est dupe. Ce soir, S. pose un doigt sur l'écusson de Z. Oui, en fait, pourquoi ce ridicule petit sabot doré ? Il ne dit pas *ridicule*, c'est moi qui ajoute. Z. tape du plat de la main sur la table et nous raconte avec fierté sa précédente vie de jockey.
Parmi l'élite de Belgique.

C. n'ose plus me regarder.
A-t-elle honte d'avoir ri de mes cheveux avec les autres camarades ? J'aurais fait pareil.

Les bottes fourrées

Je dois reconnaître que T. a parfois des idées éblouissantes. Il fixe un système de petits tuyaux mous sur l'arrivée d'air chaud et introduit un tuyau au fond de ses bottes en nous disant que dans quelques heures elles seront sèches. Il n'y a malheureusement que dix tuyaux pour douze bottes. Dire s'il fait exprès de laisser de côté les petites bottes bleu marine élégantes de C., je n'en sais rien. Je sens qu'elle a remarqué et qu'elle se demande. Pendant que les autres camarades saluent l'invention, elle ne dit rien. Elle tourne sur elle-même et se mange la joue.

Trois soirs d'affilée cette dynamique des bottes revient.

C. attend que nos paires soient sèches pour pouvoir apporter les siennes.

Au quatrième soir, N. rompt cette pratique odieuse : il dispose les bottes de C. à la place des siennes. Au cinquième, les miennes. Au sixième, celles de S. Au septième, peu importe, on commence à se désintéresser de ce tournus et des privilèges, et C. n'a plus besoin d'être aux aguets, on la protège.

La fiancée

Corvée d'eau douce.
J'aime bien, c'est physique.
13 bidons de 20 litres, 2 fois.
N. et moi, on a trouvé une rivière torrentielle, un petit endroit confidentiel. La caillasse faisait un joli bruit de tuile sous la chaussure. Il m'est venu des images de maisons rouges en briques, serrées les unes contre les autres, pignons sur rue, avec leurs trois ou quatre cheminées. Paysages de chez nous dans ces territoires hors du temps.
Avant de quitter les lieux, on a plongé nos têtes et bu.
C'est là que j'ai remarqué les névés glorieux qui nous entouraient.
Les mains écorchées de N., à plat sur la pierre.
L'anneau du fiancé.
Il pense que ces paysages ne conviendraient pas à Martha. Sa promise préfère la ville, les bars, les cinémas.

Vision nocturne

En longeant une presqu'île à la tombée de la nuit, on aperçoit une lueur.
Un falot ?
C. croit voir un bateau à moteur dans le lointain.
Maintenant une odeur de cigarette.

C'est peut-être T. dans le cockpit? Non.
Je distingue des silhouettes de pêcheurs en action, sans pouvoir certifier si c'est réel ou imaginaire. Je suis gênée d'observer depuis un bateau. J'espère qu'ils ne se sentent pas épiés. L'un des hommes démêle un filet, un autre range les nasses, deux autres jettent des poissons dans une caisse, décortiquent, bavardent et fument dans l'obscurité. Le trajet de la braise m'hypnotise, je suis séduite par leur façon de travailler ensemble et de rire. Leurs bouches m'attirent de façon subite.
Z. ne valide pas nos descriptions nocturnes.
Impression qu'il nous confisque nos perceptions, il ne veut pas qu'on traîne. Il dit que des pêcheurs, il y en aura quantité d'autres.

Rapprochement

S. se rapproche de C.
Il est charmé par ses pâtisseries.
Par sa timidité.
Ils cuisinent souvent côte à côte, sans beaucoup parler.
Je ne peux pas encore dire ce que ça me fait.

Leçon de pêche

T. prend à cœur son rôle de second.
Il nous entraîne à la pêche.
Trois cabillauds et deux flétans.
Nous relâchons les méduses crevées.
Les poissons sursautent, même morts.
T., ce sont des yeux bleu ciel qui se délectent d'instruire « les filles », un timbre de voix qui se transforme quand il s'adresse à nous.
Sa carrure à côté de la petite C.
Un faciès d'ancien bagarreur.
Ses cils blancs m'indisposent.
À la première démonstration, j'étais trop stupéfaite pour retenir les étapes.
Cette fois-ci, j'ai mieux suivi quand il a vidé le cabillaud : le foie, la vésicule, l'intestin, la trachée, le ballon d'air qui lui permettait de monter et descendre, le sang compact collé sur la colonne vertébrale et à la fin, le petit cœur. Je l'ai fait moi-même, en retenant mon souffle.
Le poisson tressaillait dans mes mains, même sans tête, même vidé. C'est normal, disait T.
Après j'ai entendu C. geindre dans mon dos.
Sans l'avertir, T. lui avait mis un poisson dans la main.
Celui-là il faut qu'elle s'en occupe.

Elle a son visage dégoûté, une grimace de malaise.
Le poisson tombe à ses pieds.
T. n'insiste pas.
À genoux sur la grève, le bout des bottes dans l'eau, il se sert d'un rocher comme planche à découper. Nettoie le poisson qui blêmit, et rend les viscères à la mer. Son bomber aux manches retroussées brille autant que des écailles. Ses dents de travers ressortent, une expression malicieuse quand il gobe le cœur du poisson en regardant C. dans les yeux.
Elle se détourne et me demande de sauver l'étoile de mer recroquevillée sur son hameçon. Je l'aide parce que j'aime bien le chatouillis des tentacules.
Nuit. Ça tambourine légèrement dans la tête.
C. a éteint sa lampe frontale.
J'écris encore trois lignes.
Z. et T. ne sont pas couchés.
On les entend chuchoter et étouffer un rire.
C. s'est mise en chien de fusil.
Ses iris furètent dans la demi-obscurité pour mieux entendre.
Elle vient de dégager son oreille du sac de couchage et du bonnet.

Je pourrais lui demander si tout va bien et la rassurer.
Lui garantir qu'ils ont mieux à faire que comploter.
Je ne fais rien, sinon lever mon crayon pour qu'elle puisse écouter.

Point A à B

Courir ramène le sang jusqu'au bout de mes doigts et une forme de jouissance, celle d'aller du point A au point B, puis C, puis D. Je ne m'arrête que quand je n'en peux plus et j'observe les distances parcourues. Le relief. Des entailles sombres formées par l'eau et des montagnes qui parfois s'éboulent dans la mer. Par endroits ça semble couvert d'immenses griffures, il y a des failles et des ressauts. Paysage de dents cassées. Ce territoire a quelque chose de préhistorique. Je m'attends à tout moment à voir rouler des dinosaures, des mammouths, des bêtes extrêmement bien adaptées et velues, comme si les vestiges de tous les muséums du monde pouvaient se réanimer et avaient rendez-vous. On ne sait pas à quel animal affecter toutes les pelotes de poils qui parsèment la toundra. Pour le plaisir, on essaie de faire un relevé et d'identifier les espèces, mais on a peu de certitudes.

Le crâne Nous avons trouvé un crâne. Il était retourné, mâchoire vers le ciel. Une corne intacte détachée, elle était translucide. Il ne restait rien du corps de la bête. Ça nous a rendus silencieux un moment. C'était au sommet d'une moraine battue par les vents. Les toupets blancs des fleurs alentour étaient fouettés et se confondaient aux touffes grisonnantes disséminées sur la moraine.
Dans les lieux où la vie est rare comme ici, c'est encore plus violent de découvrir un cadavre et d'imaginer son dernier souffle.
S. parle du sortilège de ces paysages.

Un sortilège jeté sur nous?

Marche avec S. Ce matin, peu après notre débarquement, je me suis fait surprendre par un lever de bernaches. On dirait toujours qu'elles se plaignent. Je crois qu'elles sont vitalisées et excitées par la communauté qu'elles forment. En quittant le bourbier, elles ont survolé mon ombre une fois, deux fois, cinquante fois. Elles sont parties plein nord, à travers les glaces. Pourquoi cette direction, qui me semble contraire ? Elles ont laissé des plumes, que S. s'amuse à replanter partout dans la toundra comme des mini drapeaux.

Au cœur du dépaysement, il y a du même, de la répétition. Les coquilles d'oursins. Elles parsèment les vallons et les coteaux du littoral, quelquefois bien au-dessus du niveau de la mer. J'aime les briser en miettes et sentir craquer les épines.
Avec S. c'était calme. Il avance sans brusquerie, les mains dans le dos, les doigts liés. De longues foulées de camélidé, égales et apaisantes. Un œil perçant qui embrasse l'horizon. Il repère l'essentiel, voit les lacs et les indices avant nous, il savait par exemple que l'échancrure bleue nous ramènerait à notre crique.
Sur une éminence, on est devenus deux brins d'herbe cravachés par le vent au milieu de l'espace.
Trois rapaces se pourchassaient avec des cris chantés qu'on n'avait encore jamais entendus. S. tendait le bras vers eux comme s'il était leur éleveur.

À cet instant, j'ai pensé que l'expédition pouvait durer.
Des appels geignards ont suivi. C'était d'autres bernaches, jaillies d'une combe encore marécageuse. Elles étaient seulement huit et faisaient du bruit comme trente. Elles se sont envolées d'un coup, formant une flèche collaborative, mais indécise à travers les montagnes qui modulaient les sons en atténuant l'impression de jérémiades. S. craint qu'elles ne se tuent de fatigue. Il dit que le réchauffement désoriente les créatures les plus hardies.

Progression

On a bien avancé sur la carte. Z. semble satisfait.
Je n'entends plus les klaxons de ville dans ma tête comme au tout début de l'expédition. Nous sommes maintenant à grande distance des gens et des bruits de fond habituels. On me prendrait pour du gibier si on m'apercevait dans une pente.
Aujourd'hui, ma douleur au genou de l'an passé s'est réveillée avec l'effort et le froid. Le vent me rentrait dedans, je devais lutter avec mon buste et mon bassin pour tenir l'équilibre sur la crête.

J'ai couru jusqu'à ce que mon esprit commence à se rapprocher des falaises. Jusqu'à ce que j'aie traversé entièrement la douleur physique et que mon cerveau ne soit plus capable de produire de substance mentale. Atteindre cet état de nuage. C'est aussi ça dont je suis capable ici.
L'espace, la possibilité d'une chute, la concentration totale, une question de respiration.

Juste noter que je ne sais plus le jour qu'on est, mais je vais demander aux autres.

Jour 12 ou 13 On a navigué dans la houle et maintenant on est à l'ancre, dans la houle. On en a encore pour 24 heures.
Le bateau bouge dans tous les sens. Sensation d'être soulevée par la matière. C'est proche des turbulences de l'avion. Je m'attends à tout moment à des trous d'air et suis au bord de la nausée. Je mâche du chewing-gum au gingembre.
Deux camarades sont malades, couchés dans le carré.
Nous passons des heures dans cette cabine commune, qui se transforme en couchette pour T. qui n'a pas de

cabine à lui. Nous parlons très peu, mais nos yeux se croisent ou s'évitent. Nous essayons de reprendre des forces chacun de son côté. C. s'assure toujours de prendre le moins de place possible. Ses yeux quémandent, mais elle ne s'exprime jamais clairement. Elle est ambiguë, ce qui m'agace un peu.

Par contre, j'apprécie les bruits que nos corps émettent tout seuls quand nous sommes au repos ou concentrés. N. lit beaucoup et sa respiration devient extrêmement calme.

J'écoute le frottement d'une mine et d'une main sur du papier. C'est naïf de croire qu'il suffit de la nuit, d'un feu et du silence pour provoquer la paix. Mais nous arrivons parfois à dégager un équilibre.

Vignobles Giboulées. Navigation lente.

La houle d'hier se retire en ondulations espacées, mais fripées.

Les milles qu'on parcourt finissent par se ressembler alors que chacun d'eux avait ses saillies, ses temps forts.

J'ai cru que la côte était tout près de nous, et j'ai cru voir un coteau de vignobles et d'arbres aux houppiers arrondis, j'ai vu un instant des collines caressées d'un peu de lumière jaunie comme chez nous en octobre. C'était une illusion créée par les nuages, un effet d'optique et de l'imagination. Voir des côtes où il n'y a rien que la mer et les nuages dans un filet de lumière pâle.

Cliones Le voilier traverse les méduses. Je n'en ai jamais vu autant.
C'est relaxant une méduse.
Z. nous a annoncé que ce fjord serait peut-être encore habité.
Il l'était la dernière fois qu'il est venu, il y a six ans.
Il se souvient avoir été invité par le maître d'école à prendre le café.
Dans son historique des navigations, sur l'ordinateur de bord, une petite étoile persiste et clignote au-dessus du site.
Cette annonce tient les camarades en haleine.
Moi je ne le crois qu'à moitié. Tous ces fjords se ressemblent et se confondent. Je ne veux pas me réjouir pour rien.
Je me concentre sur les méduses et sur ces autres créatures, les anges des mers : 40 millimètres de corps transparent, un peu de rouge cerise pour les organes internes et la queue. De la

gélatine hermaphrodite sortie d'un moule en forme d'ange. C. les dessine de temps à autre. Elle ne dessine jamais d'humains. Je crois qu'elle choisit ce qui l'apaise, ce qui lui apparaît sans défense et délicat. Elle n'a pas encore vu comment les clione dévoraient leurs proies avec leur bouche à crochets et leur langue râpeuse.

Plage Le lieu de maintenant est à la fois inattendu et familier. Il y a une plage de galets, au fond d'une crique où les sons portent bien. On a presque une impression balnéaire. Illusion. Personne ne se baigne au nord du cercle polaire.

Peut-être bien que des gens sont passés par ici, mais certainement pas un maître d'école. On inventorie deux foyers creusés dans la terre, protégés de tous côtés par des ardoises, et une boîte d'allumettes. Avec les cinq douilles, ce sont les seuls signes humains. C'est déjà beaucoup. Ces traces nous ébranlent S. et moi.

Z. ne s'est pas excusé du faux espoir qu'il a causé – ça me fâche. Je voudrais partir courir loin, mais ce sera

pour une prochaine fois, je ne cours jamais devant les camarades.
À la place je m'asperge d'eau froide au petit évier carré d'*Artémis* et je lance ma ligne depuis le pont, sans succès.

Village ? Au loin dans le brouillard, telle une apparition susceptible de disparaître et de n'avoir jamais existé.
Pourtant, le lampadaire.
Un bout de route.
Village bien tassé, accroché sur une épaule de montagne.
C'est N. qui heureusement l'aperçoit avec ses jumelles.
On s'était simplement trompés de baie ?
Non, il s'agit d'un hameau abandonné comme nous en verrons sans doute encore beaucoup, paraît-il.

Un lac Investigation d'un lac, possible site d'inspiration pour nous.
Pas de signe d'intervention humaine, ni de restes de pilotis, ni de quelconque artisanat, pas de cartouches de chasse rongées par le temps, ni de fibres que le vent aurait soufflées, pas un centimètre de matière synthétique.

Aucune modification utilitaire ou symbolique. Un paysage virginal, de ce que le vierge fabrique de plus vénérable. D'ailleurs, nous murmurons. Il est resté sauvage dans sa composition et ses cycles. On a trouvé du pavot velu et de la saxifrage, les fleurs parmi les plus septentrionales du monde (coussins mauves dans les pierres), des airelles, des myrtilles, des champignons proches des bolets. Je vais sans doute les jeter une fois au bateau, même si d'après les récits il n'y aurait pas de champignons vénéneux ici. Trois canards inconnus ont jacassé ou gloussé, c'était entre les deux, et se sont détournés de nous. Je me suis demandé si nous étions leurs premiers humains. On a cueilli les petits fruits. S. a planté ses ramilles de saule, ses boutures clandestines. Je me suis mise à quatre pattes pour m'abreuver.

Ce n'était pas un ancien campement ni une cité lacustre, on pourrait donc penser que la matinée n'a servi à rien. Pourtant je me souviendrai. J'ai noté sa position géographique. Je m'y suis sentie à mon aise. Sans doute une question d'échelle et de reflets. Les joncs dans l'eau miroir. C'était à taille humaine et moins minéral.

Un lieu qui devrait continuer d'exister pour lui-même. Ça m'arrive de penser des choses comme ça, là où c'est le plus beau. Qu'il ne faudrait pas d'habitations, de mémoire, de maladie. Je ne peux pas en parler. Les camarades me gronderaient, je risquerais de baisser dans leur estime. Mais je ne peux pas nier que ces instants me détournent de notre métier de bâtisseurs.

S. s'émeut d'un rocher rouge sang isolé au milieu du lac. Je lui rappelle que les pierres n'ont pas d'âme. Cet îlot pointu ne me fait pas d'effet en soi, c'est de nous que j'ai pitié quand nous prêtons trop d'intentions au paysage.
Je crois que j'ai blessé S.

Tournez manège

Sur *Artémis,* nos tâches varient. On veut rester interchangeables et on essaie tout. Un peu comme au manège forain, on monte tantôt dans la tasse qui tourne, sur le cheval qui monte, sur l'aile du poisson volant, dans la barque ennuyeuse. On est encore curieux.
N. est le premier à offrir son concours.

Moi je voudrais garder des forces pour le paysage.
Jusqu'à maintenant, aucune cabane ne me laisse indifférente, je fais plus que les inventorier. J'essaie de les sentir. Je deviens une éponge, elles me passionnent.

Hippocrate

J'ai emmené un livre nourrissant. Hippocrate, *Des airs, des eaux et des lieux.*

> «Ainsi, lorsqu'un médecin arrive dans une ville dont il n'a pas encore l'expérience, il doit examiner sa position et ses rapports avec les vents et avec le lever du soleil; car celle qui est exposée au nord, celle qui l'est au midi, celle qui l'est au levant, celle qui l'est au couchant, n'exercent pas la même influence. Il considérera très bien toutes ces choses, s'enquerra de la nature des eaux, saura si celles dont on fait usage sont marécageuses et molles, ou dures et sortant de l'intérieur des terres et de rochers, ou si elles sont salines et réfractaires. Il examinera si le sol est nu et sec, ou boisé et humide; s'il est enfoncé et brûlé par des chaleurs étouffantes, ou s'il

est élevé et froid. Enfin il connaîtra le genre de vie auquel les habitants se plaisent davantage, et saura s'ils sont amis du vin, grands mangeurs et paresseux, ou s'ils sont amis de la fatigue et des exercices gymnastiques, mangeant beaucoup et buvant peu. »

Demain j'irai seule, ils me l'ont dit.
J'aime travailler, mais je n'aime pas qu'on me commande.

Petit bâtiment Je ne trouve pas le petit bâtiment que je suis censée inventorier. Les blocs erratiques donnent certains repères, mais il me semble que les formes changent de forme quand je cligne des yeux. Sensation d'être surplombée par les éléments. Les trompe-l'œil sont innombrables. J'intègre peu le relief. On dirait que ça ne sert à rien puisque nous débarquons chaque jour dans un site différent.
Ce qui sert c'est d'être souple à chaque instant.
Z. est là, debout, en bottes. Je ne sais pas depuis quand il m'observe.
Il me jette un regard depuis le côté de la tête comme un faucon, puis se détourne.

Sa façon de me regarder me dérange. Je ne le laisserai pas me scruter. Je ne le laisserai jamais me connaître.

Extase Je cours quelquefois avec la sensation qu'on me suit aux jumelles. Cette sensation de traque me trouble. C'est peut-être un fantasme. Je le note par souci de santé mentale.
Dire aussi, pour ne pas l'oublier, que parfois le paysage m'absorbe comme N. la mer. Après les courses quand je n'ai plus de force et que ma volonté se relâche, je laisse enfin les choses se faire. C'est-à-dire que je dois me coucher et toucher et faire corps. La rivière, je dois me coucher près d'elle et y boire. Mes mains font toutes seules le mouvement de caresse. La mousse mouillée me met en état d'extase, si elle brille, je veux aspirer moi aussi la goutte de rosée et ensuite me pencher de nouveau et poser ma langue sur les pierres immergées. Des mèches de cheveux sont emportées par le courant et la force de l'eau s'introduit jusqu'au fond de ma tête. Je le dis pour que si quelqu'un trouve ces notes, il comprenne que ça m'est vital.

J'ai frotté mon genou et mes mains au camphre.

Nageuses polonaises Pendant le dîner, T. nous demande si nous avons entendu parler de cette équipe de nageuses polonaises parties explorer les effets de l'eau polaire sur la psyché. Durant les trois mois les moins froids de l'année, elles se seraient baignées tous les jours en moyenne une demi-heure par tranches de deux minutes. L'expérience les aurait transformées. « Des bombes. »
Je parie qu'il nous teste. Sa tête s'abaisse au niveau de la table et s'approche de mes yeux, sa tête devient celle d'un lent dragon en attente d'action. Sa bouche vient tout près, le regard par en dessous. Ses cils incolores sourient sans sympathie. Il semble attendre que le récit agisse sur C. et moi. Personne n'a les moyens de vérifier s'il dit vrai. L'autre problème, ce sont les mots désobligeants qu'il emploie pour décrire ces femmes (et que je préfère oublier).
S'ensuit un débat entre nous.
Z. n'a jamais tenté l'expérience, mais nous y encourage si l'envie nous vient, l'échelle de bain sert à ça.

S. semble intrigué, lui qui aime tant les lacs de montagne. Il trouve que c'est une belle folie, mais que ce n'est pas pour lui, ni pour aucun de nous d'ailleurs. Il me regarde avec intensité comme en espérant très fort que je ne me prête jamais à un tel jeu. Il attend que j'opine, ce que je fais pour le rassurer.
Je sors un moment sur le pont.
La mer sombre clapote.
Mes yeux se posent sur l'échelle de bain pliable.
Je rentre, grelottante, purifiée par la nuit.
J'ai menti. Les eaux glacées m'attirent depuis le commencement.

Aisselles Pauvre N., il garde les aisselles serrées, fermées.
Il empeste lui aussi.
Des effluves acidulés s'échappent de son maintien.
Je ne sais pas encore distinguer la sueur de stress de la sueur heureuse. Hippocrate saurait. S'il ressuscitait, il parlerait de nos *humeurs*, avec une petite tape encourageante sur l'épaule. S'incommoder soi-même est une chose. On s'est promis de faire des efforts pour autrui et de se dire dès

que l'un de nous sentirait trop. Mais comment se dire ces choses-là le moment venu ?

Rêve des baigneuses

Mes rêves sont de plus en plus précis. On se baignait dans la mer froide et bleue, à côté d'un mur blanc où était peinte une fresque. Le mur blanc c'était un iceberg, pris dans de légers remous. Nous étions groupés devant la fresque. Celle-ci représentait des baigneuses et baigneurs comme nous dans la mer bleue à côté d'un iceberg orné d'une fresque. Parmi les corps peints, il y en avait un de femme, qui flottait sur le dos, près des vagues, inerte. Son bonnet de bain collait aux joues. C'est seulement à ce moment que nous avons pris conscience que la fresque nous reproduisait et que l'une de nous flottait sans vie au milieu du groupe. Ça s'est décomposé, je me suis réveillée.

Cailloux-gargouilles

S. dit que les cailloux ressemblent à des gargouilles, à des esprits perchés sur les montagnes. Il se sent vite observé lui aussi. Cette sensation ne se détache pas, il regarde alentour, mais le paysage l'ignore. Ses hululements au pied des falaises ruissellent sur ses épaules avant de mourir. C'est là que naissent ses histoires de cailloux-gargouilles et de pierres roulées par des géants selon des intentions précises.

Trempette C. et moi on s'est trempé les jambes en se retenant à l'échelle de bain. Je ne l'aurais pas fait seule. Aussi, j'avais les Polonaises à l'esprit.
Ce n'était pas prévu.
Une heure ou deux sont passées. Puis nous avons essayé à nouveau.
Je ne l'aurais pas retenté sans ciel bleu, sans soleil, sans mer lisse.
Sans l'aiguillon de la beauté.
Les glaces de mer nous entouraient, elles flottaient dans leurs splendides jupons turquoise.
Je ne l'aurais pas fait sans C.
On avait le bateau pour nous. Les camarades partis faire le plein d'eau douce et de bois.
Rien ne pouvait nous arrêter. On a agi en automates dès l'instant où on s'est retrouvées en maillot de bain.
On s'est graissé les cuisses.
On avait mis deux casseroles d'eau à bouillir pour après et ravivé le poêle.
C. a proposé que ce soit notre secret.
Pourquoi un secret ?

Au contraire, compte sur moi pour le claironner le moment venu.

Remplir Accord des chaînes de montagne, des plus sombres aux plus claires, au moins cinq tons différents, cinq plans, cinq distances qui composent un dégradé hypnotisant. Au-delà, je distingue peut-être une pente de neige ou la calotte rétrécie.
Je voudrais me souvenir de ce paysage tel quel sans avoir à le remplir de bâtiments imaginaires et de vie sociale. Ce désert froid m'ensorcelle.

On navigue la matinée entre des archipels minuscules. Ce sont des cailloux. Parfois il s'agit d'une simple bosse émergente où les goélands font escale, se concentrent. Je les regarde s'organiser et se faire de la place. Ils ne se chamaillent pas comme on pourrait préjuger. Comme eux, nous craignons de perdre de vue le littoral, notre fil d'Ariane commun.

Escale Des habitants conversent devant le magasin. Il y a des affiches agrafées à un panneau et des milliers d'agrafes sans affiches. Les villageois se tiennent

debout sur des planches grises. Ils font de petits pas d'avant en arrière. Leurs vestes ouvertes sur des pulls, les mains dans des poches profondes.
On dirait qu'ils n'attendent rien ou simplement l'hiver. Un chien passe entre leurs jambes.
Un jeune homme sort d'une bicoque, en salopette de pêche, et se glisse au milieu d'un groupe qui entre dans la maison verte, qui doit être la salle des fêtes.
Un gamin met à l'eau son kayak et pagaie entre les bateaux du petit port. Il est très agile et ne porte ni combinaison ni gilet. Je lui donnerais sept ans pas plus.
Ces scènes m'apparaissent par un hublot comme si je les avais rêvées. Mais cette fois je peux m'y fier.
Ces gens vivent.
Ce visage rond, patient.
Ces yeux bridés, timides, qui s'amusent avec le chien et un bout de viande.

On est restés 18 heures au village.
Un mouillage au milieu des barques de pêcheurs.
On a mis pied à terre plusieurs fois.
« Si vous voulez écrire à vos familles, c'est le moment », a dit Z. en montrant

le guichet de poste à l'intérieur du magasin.
Dans le magasin, on s'est disciplinés pour ne pas tout piller. On s'est interdit tout alcool.

Je suis assise sur les marches d'un escalier.
Des écoliers dégringolent la pente depuis l'école.
Un husky aux yeux étranges, bleus transparents, sans pupille, me renifle et s'en va.
Petite bagarre des écoliers. Le minus se défend bien.
Le chien aux yeux fantômes me vient aux jambes et se couche sur mes pieds.
Le minus passe devant moi, je lui fais un clin d'œil qu'il ne comprend sûrement pas.
C'était nos clins d'œil de bravoure à Vania et moi. Lui, des deux yeux, appuyé (il n'a jamais su cligner d'un seul œil).
J'ai pu poster ma première lettre à Vania.

Je viens de dire à C. de se calmer. Elle croit que les chiens vont vers les autres. Elle dit qu'ils n'iront pas vers elle, qu'ils la sentent bien trop froide, retenue, avare. Je ne la détrompe pas, je laisse mourir sa phrase. Pourtant j'ai exactement la même impression. J'ai pensé *Les chiens vont vers les autres.*

Au début, personne des autochtones ni de nous ne savait comment entamer une rencontre. Mais c'est venu petit à petit, grâce aux dessins de C.

Repartir me coûte.

Deuxième cahier

C'est une île de glace,
située dans le grand Nord, où vécurent
des hommes transparents.

Hérodote

L'histoire Certains soirs comme ce soir, Z. réclame une histoire.

La longue journée de navigation est terminée.

On est en sécurité, on a mangé, on s'étale sur les banquettes.

Le capitaine s'est mis en pyjama. Sa tension se relâche, il se frotte la barbe brûlée. On devine la bosse de son sexe.

Il dit que S. est un brillant conteur et le surnomme « mon ménestrel ».

S., imperméable au sobriquet (et au possessif), va chercher le roman. Il entonne, déclame, poursuit l'histoire funeste du capitaine Achab et du Cachalot blanc.

Sa voix prend corps comme une flamme dans la nuit :

> « Le seul nom de Moby Dick, à la fin, s'était chargé d'une telle panique que bien rares étaient ceux, parmi les chasseurs de baleines, aux oreilles de qui ces rumeurs étaient parvenues, qui voulaient et osaient encore affronter les périls de son effroyable mâchoire. »

C. n'écoute que d'une oreille. Elle nous observe minutieusement. Une alerte s'installe dans son regard quand elle s'arrête sur Z. Il suit l'histoire avec passion, en connaisseur. Ses lèvres formulent par cœur des passages. Il se calfeutre et pose la joue sur sa main. Son petit écusson de jockey cousu à la poitrine. Une fraction de seconde, c'est presque un mouflet inoffensif, mais à tout moment il peut se redresser, redevenir chef.
J'éprouve un mélange d'aversion et de dégoût pour cette scène oisive où nous sommes vautrés comme des bons à rien. Du dégoût pour ces collants thermiques dans lesquels on a l'air de vieux enfants pervertis. C. semble implorer mon soutien. Elle aimerait que je la tire de son malaise et me rallie à sa cause. Je pourrais me montrer encourageante, mais je ne souris pas, je fais semblant d'être à l'aise.

Avec ça je veux nous dire, à elle et à moi, de nous concentrer, d'écouter le camarade S. qui se surpasse pour nous offrir un fragment de chef-d'œuvre pendant que la nuit boréale nous étreint la gorge.
Pardon N., tu es le seul avec le capitaine qui écoutais vraiment l'histoire.

Givre

Matin. C. me touche l'épaule. Elle me fait comprendre qu'elle aimerait marcher en ma compagnie. Elle pointe une combe sans soleil. Nous passons du temps dans ce paysage que la nuit et la terre ont rendu croustillant. Il y a des cristaux de givre sur les fleurs d'ellébores. Des champignons très noirs sucent la pierre. Et aussi ces bruits à peine cassants, le crépitement des mousses qui fait penser à un feu de foin. C. n'avance presque pas, elle prélève des spécimens qu'elle glisse dans son sac en toile. Elle commence par me parler de Z., qu'elle trouve brutal. Puis elle se détend et semble retrouver confiance en elle, je surprends d'ailleurs un sourire nouveau quand elle s'agenouille près du ruisseau gelé. Elle m'étonne en cassant la glace du rebord avec le poing et en portant à sa bouche cette brisure de

miroir. J'aperçois ses dents jolies. Les veines sous la peau fine. Elle dit que la récréation fait du bien. Plus tard, elle parlera d'un jardin merveilleux qu'elle a connu et qui y ressemble.
Ce n'est pas C. qui m'irrite, mais son charme.
L'attrait de redevenir la plus forte des deux me saisit. J'enlève mes chaussures. C. me dit que c'est risqué.
Justement, en faisant ça je me distingue d'elle. Le froid met le feu à mes jambes.

De retour à bord on prépare un minestrone et un gâteau aux carottes sans rien demander à personne. On ajoute du piment et du gingembre, une goutte de cognac. On a passé la journée loin des camarades, presque sans travailler. Ils ne nous demandent rien. Eux aussi ont vécu leur journée ensemble à faire comme ils veulent.
J'écris à notre table commune pendant que C. dessine à côté. Nos cuisses s'apportent de la chaleur. Elle pose sa tête à la pointe de mon épaule. Ses frisettes me chatouillent la joue et l'œil. C'est presque agréable pourtant, devant les autres, je me dégage.

Claquements de langue Quand C. nous demande si on compte bientôt aller se coucher, c'est pour rester un groupe et se rassurer en accomplissant ensemble les petits rituels du couchage.
Cette fois, je réponds que je préfère terminer ma description du refuge rouge*. N. occupé secoue la tête. Elle demande si elle peut nous aider d'une quelconque façon. N. décline en faisant claquer deux fois la langue sur le palais. C'est bien la première fois. C. détourne la tête, comme offusquée, peinée. Cet épisode me déconcentre. Je marque une pause en repensant aux rares fois où N. s'est montré un peu sec avec nous. Quand je prends trop de place, quand je termine les biscuits ou que je vide le thermos sans en refaire. Avec C. c'est plutôt quand elle mendie ou s'éteint. Si l'un de nous manque d'égards ou qu'on le tire de sa concentration au mauvais moment. Mais qu'il fasse claquer sa langue exactement comme Z. m'est détestable.

Refuge rouge * La fenêtre donnait sur la mer, mais son accès se faisait côté terre, par un escalier. C'était une cabane en bon

état, construite en rondins. Son intérieur très dépouillé sentait légèrement la benzine. Après un vestibule, on entrait dans une pièce unique avec un sommier cinq places sans matelas, qui servait aussi de banquette. Sur la table, du sucre et du café, des cigarettes, des sardines et des flageolets, un torchon et des cartes à jouer utilisées peut-être le 23 octobre 2009, date du journal ouvert près des cendres de cigarettes. N. est venu pour écouter le son du lieu et étudier ses volumes. J'appréciais sa compagnie. Pour une fois n'être pas toute seule. Sa façon respectueuse de regarder sans toucher tout de suite. Assis près de la vitre, il est devenu une silhouette pensive à contre-jour.
Un Neptune sans trident.
Il m'a lu à voix haute les noms scandinaves et les dates des visites écrits au feutre sur les planches. Ige Marcusen (juillet 1969), Erninnguaq Anderson (novembre 1955)... Prénoms dynastiques. Le bois résonnait bien, c'était comme une incantation. Ce refuge à tempête avait connu du rire et des veillées. Tout m'y paraissait plus rassurant que d'habitude. Jusqu'au paquet de sucre devenu brique. Cette cabane semblait un coquillage scellé sur un

rocher. Trompeur. Une fois dehors, l'impression de précarité et d'impermanence m'a renversée comme une vague. L'état des pilotis en témoignait. Le niveau de l'eau était monté depuis sa construction. J'ai fait le test plusieurs fois, dedans, dehors. Dedans, une paix de coffre-fort. Dehors, la menace de la mer.

P.-S. claquements N. m'a rassurée, il fera attention à ne plus claquer la langue. Il ne s'en était pas rendu compte. Il convient que ça peut manquer de courtoisie. Il me demande ensuite si pour moi ce sont de tels détails qui font la valeur d'un homme ou d'une femme. Il semble déçu. Je le déçois. Ça m'obsède une partie de la nuit.

Carte froissée Quelque chose contrarie Z. Il se montre plus tranchant. Sa hargne, il la dirige surtout sur C. qui vient de marcher sur une carte marine. Z. a poussé un soupir exagéré suivi de ses claquements de langue habituels. Il a essuyé l'empreinte. C. s'est excusée deux fois, elle est revenue avec un chiffon humide que Z. n'a pas utilisé. Elle s'est déplacée dans un coin du carré. Un seul soupir de Z. la fait frémir et guetter, et vouloir agir. Elle ferait mieux de laisser tomber et de ne pas s'en faire. Z. a d'autres préoccupations que nos petites sensibleries.

Pivot

L'ambiance entre nous change. Notre hygiène corporelle est limite, nous commençons à manger mal. Il y a quelque chose d'écœurant, mais je ne saurais dire quoi. Il faut rester vigilant et maintenir coûte que coûte un esprit positif. Les choses peuvent vite dégénérer et nous déconcentrer de notre étude.

S. a les paupières plus gonflées que d'habitude et des plaques rouges sur le cou. Il a un regard agressif et serre souvent les mâchoires. Je me sens régulièrement coupable, sans savoir de quoi. Le capitaine. Son ascendant. Je veux me venger, je commets péché sur péché. L'obsession du pouvoir commence à me peser. Cette énergie gâtée me rentre dans le corps. Il faudra que j'aille me décharger.

Trou à vent

Le chauffage propulse de l'air très chaud qui contraste avec l'air glacial dehors. Cette nuit, Z. dort dans le carré. Je vois sa veine tortillée sur la tempe gauche. Cette veine me fait beaucoup d'effet. C'est comme un signe distinctif, un signe de chef. Il a mis une alarme au cas où le vent dépasserait une certaine limite et qu'il faudrait vérifier l'ancrage. Le vent nous rend cinglés. Le pire, c'est que la terre ferme est à cinquante mètres. Mais on ne peut pas débarquer, ce serait trop dangereux de mettre le zodiac à l'eau. Il faut patienter dans ce trou à vent. Je pense que nous réalisons combien nous sommes dépassés par la matière réelle. Nos objectifs sont ajournés. Nous comptions sur le terrain pour nous donner des directions, mais notre vague étude paysagère ne prend pas forme, ce qui augmente le sentiment d'errance et de divagation. Il y a quelque chose de réconfortant à l'écrire.

J'ai rêvé qu'il fallait monter à bord d'un immense navire sans pilote, on partait, deux camarades venaient aussi, c'était pour la Russie, les sacs pas finis et beaucoup de tubes, d'échelles en métal et de barreaux cylindriques menant du dehors au dedans.

22e jour En recoupant nos journaux de bord, nous croyons avoir retrouvé le décompte des jours. En tout cas nous nous sommes mis d'accord sur le nombre 22. C'est important. 19, 20, 21, 25, en soi ça ne fait pas beaucoup de différence. Et pourtant ! On est apaisés d'avoir fait le point et, même si on ne le dit pas, d'avoir fait la moitié.
À mon avis ce qui importe dans le temps imparti, au-delà de rester vivant et de trouver l'inspiration, c'est de chercher l'osmose, de sentir les variations du corps et de dormir régulièrement. Les autres mammifères continuent d'être mes modèles.

On ne fait pas tout à fait confiance au journal de bord d'*Artémis*, laissé sur la table à cartes. Tenu aléatoirement par chacun de nous sans méthode. J'ai quelques doutes. Depuis qu'on a passé le 74e parallèle nord, c'est arrivé que les coordonnées géographiques se répètent et soient rectifiées par le capitaine au fin stylo noir. Quand c'est T., c'est graisseux. Ceci dit, cet objet public vaut le détour. Cercles de café et pages collantes.
C'est le grand livre salé.

Drone Nous avons perdu l'un de nos outils téléguidés.

Il a fallu calmer les nerfs de T. qui était responsable de l'engin et qui nous l'avait prêté. C'est une erreur humaine, ça arrive à tout le monde. T. est furieux contre nous. Il s'en est aussi pris à Z. qui aurait pu nous laisser plus de temps pour fouiller le paysage. Sauf que c'était plein brouillard et que les glaces étaient méchantes, a répondu le capitaine.

Le programme change. Notre manière d'aborder le paysage en sera altérée, mais on peut le voir comme une chance. Faire sans outil moderne. Ne pas ramener d'images sensationnelles. Pratiquer le croquis modeste.

T. boude. Tout le monde se tait. On est passé de la brume au brouillard, puis à la nuit quand enfin on échappe à ce couloir de crise.

La plongée On a inventé un jeu pour détendre l'atmosphère. « La plongée. » Elle se déroule sur terre. Cette expérience fait partie de notre petit protocole officieux. On se lance des défis les uns aux autres. On tire un petit billet et il faut y aller, seul. On s'envoie en mission. Comme lâché pour toujours.

On doit se laisser éprouver par le relief et par ce qu'on trouvera en chemin. Les autres restent à bord et consignent ce qui se produit. La personne qui marche ne sait pas pour combien de temps elle en aura. Elle doit se montrer créative, surprendre. On l'avise par radio que c'est la fin.

C'est au tour de N. de « plonger ».
Il y a un phare vert et blanc sur un éperon.
(Z. aime les vieux phares et les sémaphores. Pour lui, on fait certains compromis. Dès qu'il y a un phare : escale.)
Son approche nécessite un peu d'escalade, ce qui devrait plaire à N.
Depuis le bateau, nous suivons la progression du manteau brun dans la pente. Ses mouvements ralentissent près d'un ressaut, il fait demi-tour, cherche un passage, semble hésiter. On ne le voit plus. D'un instant à l'autre, il nous a échappé.
Personne ne l'a pourtant vu dégringoler. C. et moi, on s'affole. Z. affiche du détachement, mais peut-être fait-il semblant de rester calme.
On attend.
Après une dizaine de minutes, N. réapparaît au pied du phare.

Il est rentré en estimant que les lieux n'étaient pas si intéressants. Il a ramené une paire de gants industriels, le reste il l'a laissé sur place. Quand nous lui demandons s'il a eu l'impression de disparaître, il nous explique s'être assis un moment sur un replat pour écouter la mer, c'est tout. Nous comprenons que l'immobilité peut faire de nous un disparu.
Je ne suis pas sûre d'aimer nos jeux.

Dès la tombée de la nuit, le phare s'est mis à clignoter comme une enseigne défectueuse, anachronique. Dans notre isolement c'était presque une veilleuse.
J'ai fantasmé sur la présence d'un gardien sauvage et bon.

Marin N. ne parle plus depuis hier. Ce n'est pas normal. Il se claquemure dans le silence. On ne peut rien faire, son visage nous chasse. Il passe son temps sur le pont tout seul. Il est celui qui a le plus changé parce qu'il est celui qui s'expose le plus. Sa barbe grimpe sur la moitié de son visage. Ses yeux verts se sont enfoncés au milieu des cernes, des larmes coulent dans les plis de sa peau. Ce sont des yeux d'annonce, asiles de songe et de voyance. Comme certains enfants quand ils se mettent à fixer quelque chose qu'ils sont les seuls à voir. Il se tient à l'étai quand le génois est enroulé, sinon au pataras. Je m'inquiète de sa pâleur, mais je le lui cache. Il a horreur de nos excès de sollicitude. Quand on navigue, il se tient d'une main et laisse l'autre pendre, on dirait que son corps flotte, mais parfois son expression me trouble et me contamine : il semble en état d'absorption comme si la mer allait bientôt l'avaler. La mer c'est ce qu'il aime le plus au monde. Il ne porte aucun masque, il a le visage obscur d'un marin.

Le hameau fantôme

Impatience. Nous abordons une île cette fois répertoriée et décrite dans le guide :

> « The settlement of R. is almost completely abandoned (two of the houses may be occupied in Summer), with no facilities. Anchor off the cove at the SE end of the island. An attractive spot. The approach is straight forward. »

S'y trouve un hameau, nous avons vu les bâtisses de loin. On me dépose pour l'inventaire. S. et N. me rejoindront et ramasseront du bois flotté. Les palettes de construction et les vieilles planches providentielles. Je marche le long d'une petite plage souillée. Je trouve des ustensiles et des rames, une barque est enfouie dans l'herbe. Les maisons tombent en ruine et leurs portes défoncées laissent entrevoir les intérieurs. Ce sont des salles de classe, des cantines, des salons, des chambres de lecture du XIXe siècle et d'aspect colonial. Une carcasse de baleine, un pain moisi, des dessins d'enfants. Ma vision se trouble comme si des calques s'apposaient sur mes yeux. Je vois un gamin fantôme grimper par une brèche, un autre s'enfuir d'une maisonnette, un autre encore, en loques, qui pleure et cache son visage plein de terre. Je vois des foules d'enfants hissant des barques et tirant le lièvre au fusil. Je vois encore une gamine assise près des os de la baleine et jouant avec des fossiles, des géodes chipées dans le tiroir d'un grand bureau. Je vois des gamins pissant sur un tapis et ça hurle dans ma tête dérangée et à la fin je pose mes mains sur les oreilles, je ferme les yeux de toutes mes forces et je m'enfuis. Mais ça continue. Je quitte au pas de course le hameau et au lieu d'appeler par radio mes camarades pour qu'on me ramène, je prends l'autre côté et je grimpe sur cette île en vérité très petite. C'est alors que j'aperçois les premières tombes, identiques à celles que nous avons déjà rencontrées dans la petite ville du jour d'arrivée : des amas de pierres aux prises avec le vent, auprès desquels de hautes croix blanches forment un jardin de croix penchées, abîmées. Je me retourne vers les ruines, mes visions ont disparu. Les enfants sont rentrés à l'intérieur quelque part. Leurs cris et leurs appels s'estompent, remplacés par celui du vent polaire qui écharpe le bois des croix et mes tempes.

Le dôme où je me trouve abrite des dizaines de morts dont on ne connaît pas les noms ni les dates de vie. Mais le ciel semble se pencher au-dessus d'eux tous.

Fin de journée, nous rentrons au bateau. Notre réservoir à bois est rempli à ras bord.

C. a trouvé des ossements, une peau de lièvre, elle a eu des frissons en entrant dans un vestibule.

J'ai tout imaginé. La peste, le choléra, les tsunamis, les premiers signes de montée des eaux, un abandon pour cause d'ennui mortel. Ce n'est peut-être que le nomadisme naturel de l'homme: ses migrations économiques ou sa poursuite d'un idéal.
Les autres ont eu une autre impression, ils font contre-point. T. voit tout le potentiel du lieu. Il imagine racheter l'île pour y ouvrir un bed & breakfast. Je n'ai rien vu de gai, de réconfortant. Je n'ai peut-être vu que le versant noir.
22h. Il commence à faire nuit. Les camarades disent que la nuit va être radieuse si une nuit peut être radieuse. On aurait dû faire du pain pour se maintenir réveillés et traquer les aurores. Je leur avoue mon spleen. Le capitaine dit que ce qu'on voit dépend beaucoup de ce qu'il y a en nous. Je me sens prise en faute pour avoir ces visions lugubres. Soirée songeuse. Choucroute en conserve et soupe de petits pois pommes de terre.

S. nous hèle sur le pont. «Aurores!» Elles dansent très lentement au-dessus des toits défaits, effondrés, du hameau. S'échappent des bordures d'un grand nuage soufflé. Je les vois blanchâtres,

les camarades les voient émeraude comme sur les cartes postales. La valse s'estompe, aspirée par une trappe du ciel.
Quoi qu'il arrive à ce site, je prie pour que le vent balaie l'ambiance oppressante et délivre les morts du purgatoire.

Messes basses

J'ai entendu Z. et T. échanger ce matin. Je n'ai pas aimé ce qu'ils disaient à propos de C. Je ne supporte pas les messes basses. Elles sont nuisibles. Je leur ai dit ce que je pensais et de manière assez imprévisible je suis partie courir.

Falaise morte

La course à pied m'a menée au bas d'une falaise qu'on dit « morte » parce qu'elle se situe en retrait du littoral et ne subit pas ou plus les assauts de la mer. La pression dans ma tête avait baissé, j'entendais à nouveau les bruits subtils. C'est important de le noter. Je redoute un endommagement de mes sens. Ma vision nocturne s'est déjà altérée puisque les aurores je les vois blanchâtres, mais je n'en ai pas parlé.

Sous la falaise je n'ai d'abord rien senti, comme si elle appartenait définitivement au monde inerte. Mais des stries blanches sous une cassure ont attiré mon attention. Je me suis rapprochée pour toucher la texture. C'était une roche du précambrien, assez râpeuse pour envisager d'envoyer N., ne serait-ce que comme une récompense pour tout le travail qu'il fournit au quotidien. Mes phalanges ont repris des couleurs au contact des minéraux. Les écarts de température que cette falaise subit seraient intolérables pour l'espèce humaine. En l'observant assez longtemps et sans bouger, j'ai peu à peu ressenti la fragilité de la dalle.
Il m'a semblé que le terrain où j'avais abouti allait subir prochainement une transformation profonde qui le rendrait méconnaissable. Une vision fugitive. J'ai vu la falaise verser comme un arbre abattu, j'ai vu des nuées d'oiseaux sortir de la pierre et traverser en panique l'épaisse poussière minérale. Je crois pouvoir faire confiance à cette vision.

On aimerait bien parfois que certaines choses s'effondrent sous nos yeux.

Bris C. n'a plus confiance ni en T. ni en Z. et elle se confie à moi.
Elle croit qu'ils jouent avec elle comme avec une petite souris.
Selon elle, ils profitent de chaque occasion pour la rabaisser. Qu'elle se montre courageuse ou craintive, ils aiment la sentir perdre pied. Elle me demande ma perception des choses. Ça m'embarrasse, c'est certainement bien plus complexe.

Un iceberg c'est comme un monument en ruine. Il produit naturellement une nostalgie. N. raconte que quand il les étudie, il entend des sortes de coups de feu, des chocs et des amorces d'effondrement. Ça lui donne l'impression qu'il y a toujours un désastre imminent. Ce qu'il entend dans son casque est plus réaliste que le réel.

Des images géométriques montent et descendent quand je ferme les yeux. C'est sans doute à cause des pierres et de la glace. C'est aussi ce qui arrive quand on joue trop aux jeux vidéo.

Pétrir En pétrissant la boule de pain, en l'étirant, en la faisant claquer sur le plan

de travail, une force nous revient, une impression de capacité. Notre pain est souvent bon. Que la mer soit calme ou agitée, on en fait tous les trois jours. Si la table penche, on installe les tapis antidérapants, on déverrouille la gazinière qui se balance et garde son aplomb. On met sur la gazinière la levure à tremper, entre deux pinces qui la retiennent de verser. On ajoute ce qu'on trouve, des noix, des olives. Par ces températures, la pâte lève très lentement sous le linge orange que nous dédions au pain. S. a les doigts noirs et huileux. Juste parce qu'il a enfilé les olives à la fin, il recevra les mérites d'un pain que j'ai pétri.
Frustration passagère.
L'autre jour, pensé qu'il ne s'agit pas de s'effacer du monde, mais bien de s'y incorporer.
Les camarades ont aimé le pain aux olives.
Condensation aux hublots, orteils humides. Les braises, un peu comme un bruit de neige sur une tôle. Je m'apitoie, il ne faut pas. C'est comme une vague qui me berce, méchamment. Les camarades jouent maintenant aux cartes. Je n'entends plus les braises, c'est dommage.
C. se retire au fond d'elle-même.

Je sens sa désapprobation, certaines vulgarités la choquent.
Elle se retire, funeste, elle accapare notre attention.

Curiosité Un carnet de poche gris, il était sur la banquette.
N., je te demande pardon. Ça a été plus fort que moi.
Je suis tombée sur tes prières juives et sur une lettre de Martha que je n'ai pas lue.
Dans le rabat, une photo d'elle.
En bustier, saisie en plein éclat de rire.
Corfou, juin.

Tu es donc allé au phare vert et blanc sans t'en sentir capable.
Tu l'as fait pour ne pas perdre la face.
Tu n'as pas eu à défoncer la porte, la mer s'en était chargée.
L'escalier en colimaçon menant en haut de la tour t'impressionnait autant que les couloirs d'aéroport.
Tu ne savais pas que tu étais claustrophobe, maintenant tu sais.
Ça clapotait sur ces marches en pierre où la respiration résonne et où les ombres se multiplient.
La phobie te rendait presque sourd.

Tu écris : *Mon Dieu, reviens vite me chercher.*

Plongée I C. ne sait pas quoi emmener pour sa première plongée.
Elle fourre quelques affaires dans son grand sac à dos, les enlève, en remet d'autres, m'interroge du regard. Ses mains sont nerveuses. Je lui demande si elle a envie malgré tout d'y aller et lui tends son bonnet. Elle dit que ce sera une bonne chose si elle ose.
Z. pousse une exclamation quand Miss sort enfin du cockpit.

On la regarde manœuvrer toute seule le zodiac. Elle nous fait un signe bref avec sa moufle, puis se détourne et regarde du côté du rivage qui l'attend. Une fois à terre, elle flâne parmi des pierres vertes et gris pourpre. T. soupire et demande ce qu'elle fout. Z. dit de la laisser. Avec une pointe d'ironie, il ajoute que Miss a le droit d'aimer les mousses et les détails. T. répond que ce n'est pas le moment.
Je me demande s'il dit ça pour faire bonne figure devant nous et donner l'impression qu'il s'implique.
Je me tais, je préfère contempler.
C'est simple et envoûtant.

À mesure que C. fond dans les montagnes, mon esprit lui reconstitue un corps approximatif.
N. grimpe au mât comme un singe et nous aide à la situer. Je vérifie aux jumelles.
Oui, c'est elle dans la pente, sa doudoune bleue et son tempo discontinu, sa façon d'aller courbée en se retenant aux pierres.
La voici en boule, les mains tout près du sol. Je pense qu'elle endure chaque dévalorisation, chaque étincelle de jugement. Les voix s'entrechoquent comme des noix dans sa tête, elle entend nos discours et nos pensées fugaces. Je lui recompose un visage, expression d'effort et bouche pincée, chevaline, haineuse. (Non, chevaline et haineuse, c'est plutôt moi). Elle s'acharne à grimper, elle qui n'aime pas ça. Son regard redevient vite brouillé, effaré par l'isolement qu'on lui inflige.
Je ne veux pas qu'elle se transforme en cobalt ou en fausse goutte bleue. Je ne veux pas de métaphores ni des images artificielles que mon cerveau élabore pour remplir le flou, je veux simplement C. qui diminue et qui reparaîtra au milieu des montagnes. C'est gigantesque, inanimé. C. est

aspirée dans le minéral, dans la solitude fracassante des montagnes.
Je me retiens à Z.
Il m'étend et me fait boire, c'est la première fois qu'il se montre doux.
Suivent d'autres étourdissements, le ciel scintille autant que la mer.
Le visage de Z. au-dessus de moi.
Sa main tripote mes joues.
C. va bien, il dit.

Sabots Quand je cours j'entends parfois mes maîtres spirituels, Chiron, Asclépios, Hippocrate, des médecins, des humanistes, et les autres, les mammifères. Ils me donnent du courage. Je redouble de force en m'insinuant dans le paysage, je cours intentionnellement de façon erratique. Mon parcours crée des sinuosités de ruisseau ou de sente animale. D'ailleurs lorsque je découvre une trace d'ongulés, je la suis. Terrain vague, peuplé de créatures solitaires. Je me demande comment se passe leur rencontre, quand un mâle tombe enfin sur une femelle, et vice-versa. Je ne comprends pas comment, si Dieu existe, il peut tolérer et avoir voulu cette extrême solitude. Je pourrais arracher des parois entières de mousse pour voir détaler les milliards de créatures que notre Dieu a mis au monde et dont il ne s'occupe plus. Au bord des tourbières, là où l'humidité se concentre pour former ces chapeaux hauts-de-forme très spongieux, les sphaignes, je m'élance et m'enfonce, les humeurs mornes me quittent, remplacées progressivement par une joie géniale.

Je déteste mes chaussures industrielles en plastique. J'ai demandé à S. de me fabriquer des sabots. Il ne veut pas. Il pense que je me ferai mal.

Brouillard Dans le brouillard et la pluie depuis deux jours. Presque pas de vent. Doigts blancs très fripés, à la limite du connu. Du mal à écrire. Atmosphère spéciale, liée à la très mauvaise visibilité. Passage d'un long détroit. Les côtes se devinent par intermittence. Au-delà de dix mètres, les francs contours disparaissent. De quart en quart, la mer s'encombre, n'offre que de minces passages. On distingue à peine le contour des glaçons. L'hélice parfois manque d'en frôler. Nos instruments de navigation fonctionnent heureusement, mais nous veillons par groupes de deux.

Ceux qui sont à l'intérieur essaient de tenir un feu. On ne peut pas se permettre d'attraper une pneumonie. Le bois bave et les flammes sont bleues.
Il paraît que nous devons nous dépêcher.
Pas que l'hiver nous piège.
Ça me paraît absurde.
Je me réchauffe au fur et à mesure que j'écris. Ma tasse rouge, brûlante, dans la main qui n'écrit pas. J'alterne, je deviens ambidextre.

J'ai fait mon quart avec N. tout à l'heure. Le froid nous picorait les joues. Nous avons adapté notre respiration pour ne pas lui permettre d'avoir raison de nous. C'était un effort de calme. Sa barbe se cristallisait. Les gouttes dégoulinaient de ma capuche. Les rivages étaient diffus. Les glaces brumeuses semblaient éternelles. Nous avions l'impression de ne pas évoluer, comme si nous restions indéfiniment au même endroit pendant que l'eau avançait. Le paysage ne circulait plus.
Ce n'est pas dans nos villes européennes que nous apprendrons à distinguer les fines nuances des flots marins.

De part et d'autre, les bandes de terre s'assombrissaient parfois, mais c'était vague. Le corps raidi, nous ne savions pas depuis quand nous veillions. Nous avons inventé un jeu consistant à tenir sur une jambe en fermant l'œil opposé. Réchauffant. Z. est venu nous booster : « Alors les enfants ? » Il nous a proposé d'augmenter la voilure, affirmant que nous avions avancé de deux milles. Pour s'en rendre compte, il fallait être capables de mieux regarder les détails de la côte, on aurait vu nous-mêmes qu'elle était devenue plus accidentée. Dès le cap, nous retrouverons le vent.
Le capitaine ne semblait nullement souffrir du froid. Il nous a poussés à l'intérieur puisque nous étions congelés.

C. s'est assoupie, les mains sous les aisselles. Elle a un visage de madone. Une sorte d'apaisement, mais quand même cette ride en forme d'éclair entre les deux sourcils. Si Z. dit à C. d'arrêter de recoudre les voiles, C. risque de perdre encore confiance en elle.
En m'asseyant à côté d'elle, je fais exprès de tirer ses cheveux. Elle gémit

et ses yeux s'ouvrent sur de l'interrogation. Je crois savoir pourquoi je lui ai fait mal: je suis jalouse de sa peau.

Un détail: plus S. s'enthousiasme, plus N. semble exaspéré.
Il met son casque sur les oreilles.

Grand corps

S. affiche du désintérêt pour nos tâches communautaires.
Ça lui prend lorsqu'il est transporté par l'euphorie, avant le vague à l'âme. Il s'absente. Plus rien ne peut le déloger de cet endroit perché. Avec ses gentilles entourloupes et sa haute stature, il se détache de nous, un torchon sur l'épaule. Il ne fait plus grand-chose, sinon sourire d'une manière presque hautaine, qui d'ailleurs tient Z. en respect: le capitaine n'ose pas interrompre ses rêveries.

Nous agissons pour compenser au besoin la défection d'un camarade.
Z. développe une curiosité pour S. et se garde de toute raillerie. Il choisit ses proies.

Quand S. n'a plus le cœur à l'ouvrage, on se montre encourageants.

On prend sur soi et on tente de le remonter comme on ferait d'un pantin à piles pour qu'il continue encore quelque temps. On se donne du mal, mais on n'arrive pas à en parler. On compense.
Ensuite on replonge dans la musique exaltée de la mer.

À nous six nous formons un grand corps étrange, légèrement dégingandé.

Le goûter

C. m'énerve.
Elle ne veut pas de mes tartines. J'en offre pourtant à tout le monde. Beurre et poudre de chocolat Suchard. Est-ce que c'est parce que je me lèche les doigts ? Elle laisse sa tartine sur l'assiette et continue de dessiner. Comme il y a peu de friandises et qu'on est déjà six, elle devrait apprécier sa part. T. va sûrement la manger à sa place. Qu'elle ne vienne pas se plaindre ensuite de n'avoir pas assez de force pour affronter la vie communautaire. On lui voit pointer les oreilles, très rouges, je crois qu'elle écoute la plupart des conversations. Elle me lance un long regard désolé. Ses yeux bombés comme des billes contre la vitre

de notre indifférence. Elle attend qu'on vienne la chercher, mais dans de tels moments, qui pourrait en avoir envie ? On la contourne. On continue de converser autour de son corps. Plus elle se retranche, plus nous feignons la bonne humeur.

Septembre Les baies sauvages commencent à se rétracter. Les champignons deviennent visqueux. La couleur du paysage se modifie et alterne les fauves et les carmins. Les dernières fleurs sont maintenant abîmées à la moindre pluie et il n'y a plus de moustiques. Mais depuis quand ? Tout devient fragile. Les végétaux se pétrifient. Je prends peur à cause de l'imprécision du souvenir. Les journées s'évaporent. Et si c'était le signe d'une nouvelle défectuosité chez moi ? C'est pour ça qu'il faut continuer d'écrire.

Gouttes de pluie sur la toison d'un bœuf musqué. Une odeur de bruyère. C. croit naïvement que l'animal vit encore et qu'il est simplement retourné au fond des terres en laissant sa parure.

La question du bois

S. et N. disent que le bois flotté se fait plus rare. C'est embêtant. Non seulement pour le chauffage, mais parce que scier et fendre des bûches leur fait du bien.

Pouvoir faire des réserves. Comme moi la pêche, c'est rassurant.

Je lis que le bois flotté constitue la seule ressource des peuples qui habitent *au-delà de la limite des arbres.*

Cette phrase me plaît.

Sa réalité est stressante. On n'est pas munis comme les anciens Inuits, on n'a jamais confectionné de chandelles avec de la graisse de phoque ni d'anoraks en peaux d'oiseaux. Eux ont su vivre sans les arbres et la forêt.

On s'enfonce donc en terre dénudée. Mais gardons confiance. Le bois flotté peut ressurgir à tout moment au détour d'un fjord, puisqu'il provient du monde entier.

À la place du bois, ils ont trouvé deux bidons de diesel et du matériel potentiellement récupérable, dont un seau en plastique, des ustensiles, deux combinaisons de pêche et un cadre en bois muni d'une manivelle, autour duquel s'enroulent des mètres de nylon : ils disent qu'ainsi j'aurai mon

propre matériel de pêche, rudimentaire, mais en bon état.
Ils déversent leur récolte sur le pont au moment du soleil couchant. Le tas s'embrase et s'adoucit en même temps. C'est un chaos d'une étrange harmonie.
Les aurores boréales aussi. Je me souviens. Sur les petits toits effondrés du hameau à l'abandon.

Acoustique Plus nous avançons plus les glaces de mer se multiplient. De duretés et de formats divers. La proue d'*Artémis* fend lentement un banc de glace pilée qui fait penser à de la granita. Slalome entre des tables flottantes, des podiums, des châteaux, des cheminées de glace, des éperons et des arches en procession. Les coups contre la coque sont devenus musique quotidienne, c'est comme entendre cogner le monde depuis l'intérieur d'un tonneau.

Frigide S. et N. parlent peu. Ils trient les objets que le courant ramène. Leurs gestes sont moins précis qu'avant. Je crois que S. est fatigué. Il s'est entaillé le pouce. Le paysage ne cesse de refroidir. Je sais que je deviens bizarre moi aussi. Mes réactions. Je m'écarte quand ils se rapprochent. Quand on se frôle, je suis prise de frissons. Je ne comprends pas. Notre solitude se creuse de plus en plus. Je n'ose plus être touchée. J'écris pour me tenir compagnie.

L'ambre Étrange loi des ondes.

L'échange radio que nous avons intercepté aujourd'hui nous a tous interloqués. Je le recompose de mémoire :

— Have you ever seen trees?

— I've only seen trees on TV. My friend Ully has seen them for real.

— So he told you about them?

— Yes.

Ensuite on a entendu de la friture sur les ondes, puis les deux voix ont ri. Je n'ai pas compris si cela concernait encore les arbres du Grand Nord.

C'est beau d'imaginer qu'un arbre puisse faire l'objet d'un scoop sur un canal radio réservé aux navires.

Après cet épisode, nous nous sentons encore plus seuls.

N. a l'impression que ces deux voix sont venues nous rendre visite en plein brouillard. Elles ont rigolé de notre

solitude et sont reparties comme si c'était une erreur.
Parfois le paysage me donne mal au ventre.
S. au contraire est entré dans un trouble, une progressive félicité.
Il veut rencontrer ces voix, il veut rencontrer celui qui a vu des arbres, il est persuadé que nous allons croiser des humains bientôt et peut-être même des arbres. Une lumière gonfle dans ses yeux. La peau est tendue autour de sa bouche ouverte.
Pourquoi nous le laissons rêver ?
Pour la première fois j'ai pitié de lui.
Des arbres ici, c'est très clair, il n'y en a pas pour le moment.

Le soir, S. nous parle encore de ses réminiscences et parmi elles, il y a celle de la résine fossilisée, l'ambre.
L'ambre talisman, l'ambre qui se ramasse le long des plages de la Baltique et qu'il a mis au cou de sa petite quand elle faisait ses dents. Il conte encore la légende grecque disant que l'ambre, ce sont des larmes de peupliers tombées dans le fleuve Éridan.
Il dit que les arbres nous illuminent et nous protègent alors qu'ici, qu'est-ce qui nous protège ?

Voix Depuis, la VHF, la radio à très haute fréquence fixée dans la timonerie, reste allumée en permanence. Il est rare qu'elle émette quoi que ce soit d'autre qu'un grésillement. De temps en temps, un lambeau de bulletin météorologique provenant de je ne sais quelle station, énoncé par une femme, toujours la même. On écoute avec attention cette voix côtière, balise terrestre – précipitée et lointaine comme si on nous parlait depuis l'arrière de la lune.

On rêve de retrouver un village vivant et d'être conviés à un repas.

Chalutier Une épave toute droite.
De loin, on aurait cru un bateau de pêche en fonction. Un de ces rafiots pastel et rouille. Mais celui-là s'est échoué sur un écueil. Boum! Il a sombré, mais debout. Il s'est écroulé, mais debout. J'imagine toujours le bruit. Comment cela devait gueuler. À chaque fois qu'on en voit, j'imagine le moment du choc, et celui des décisions. Que font les capitaines. Qui était le capitaine de celui-là. Est-il resté

calme, maîtrisé. Que ferait Z. ? Et parfois, j'imagine qu'il n'y avait pas de capitaine attitré, mais qu'aucun des gars ne s'est noyé pour autant.

Autour de l'épave, il y avait des caisses, des poutres et des grumes charriées par les courants marins.
On a pris autant de bois que pouvait supporter *Artémis.*

Le soir, Z. raconte à S. et à N. le naufrage d'*Artémis* aux îles Galápagos, il y a une décennie. Les camarades semblent épatés et posent une foule de questions. Pleine nuit. Récifs. Repêchage *in extremis.* La tempête de sa vie, après laquelle il a décidé de tout consacrer à *Artémis,* qui le comble et ne le déçoit jamais.

Ressources

Cap sur un village-ville mentionné sur la carte.
En fait de lieu, nous trouvons des immeubles partiellement construits. Un début de route sur 500 mètres et le rouleau compresseur à l'arrêt près d'un tas de pierres concassées. De la tôle et des citernes en acier. Une conduite orange, prévue pour

acheminer l'eau d'un lac, forme une ligne de vie de plusieurs kilomètres. Le vent chasse les poussières qui s'incrustent dans la neige glacée. Ce paysage est épuisé.
T. escalade des pneus. Je n'aime pas sa façon de se tourner vers nous pour nous dire avec un sourire bête que le territoire a été pompé jusqu'à la moelle puis délaissé comme d'habitude.
Je n'aime pas son réalisme désengagé.

Badigeon Le froid salé détériore la moindre ouverture de notre peau. Nous badigeonnons nos crevasses et nos gelures. N. dit qu'il n'en a pas besoin, mais en insistant doucement, je vois qu'il prend ce qu'on lui offre. Il accepte ma gaulthérie.

On se donne du mal pour cultiver la camaraderie. C'est devenu un peu artificiel. Si ça se trouve, il accepte mon huile pour ne pas me vexer.

Écrire à Vania.

Toilette de S. Par le hublot qui donne sur le cockpit, j'aperçois deux jambes nues. C'est la première fois que je surprends S. dans sa toilette intime. La peau est pâle, presque grise. Longs doigts de pied sur les caillebotis. Les mouvements sont abrégés, la main se dépêche. Ses membres sont d'une maigreur épouvantable, mais il n'y peut rien, son corps est devenu maigre avec le temps, sans rien faire. Hier, il a encore vomi. Ses genoux me font penser à deux céleris-raves.

Manger J'ai faim.
Contempler le paysage ne suffit pas. Quelque temps oui, mais ensuite, les besoins terrestres m'assaillent de nouveau.
Il y a bien assez pour 40 jours, même 80, pourtant je me sens rarement rassasiée.
Je n'en peux plus de nos lentilles, de nos farines, des légumes au vinaigre.

Ma peur de la mort augmente, je me demande s'il y a un lien avec la nourriture, avec notre confinement ou avec des personnes comme Z. et T.

Je ne sais pas si S. se consume ou s'il est fait comme ça.
Depuis trois jours je lui sers des doubles rations, il me laisse faire.

Pêche solitaire

Les montagnes ressemblent aux Alpes, mais tombent à pic dans la mer. Je suis assise sur la mousse dans une lumière un peu jaune. De là, j'ai vue sur le bateau au mouillage. Le vent siffle à mon épaule.
Mon pied triture des rubans d'algues. Je presse sur celles qui font penser aux vieux klaxons d'époque, en poire.
On a convenu qu'ils viendraient me chercher quand la mer deviendrait rose et les terres bleu marine. J'ai un peu de temps.

Étrange comme j'éprouve une victoire et une montée de plaisir.
Je ne sais même pas ce que j'ai pêché.
Mes poissons avaient une tête de carpe et un corps de truite, des lèvres étonnantes.
Leurs viscères étaient bien accrochés, l'un d'eux avait des œufs, l'autre avait avalé une petite étoile de mer.
J'ai laissé tremper la ligne.

Personne n'avait envie de manger du poisson.
Je n'en ai fait qu'à ma tête.
Ils m'ont laissée seule.
C. m'a rejointe par curiosité.
Pour le premier, elle me demande si c'est un grand, un assez grand ou un trop petit.
Elle a peur que le poisson me morde.
Elle demande pourquoi on ne l'a pas assommé et je lui réponds que c'est pour ne pas en mettre partout. Je lui mets gentiment le deuxième dans la main, avec l'hameçon. Elle laisse glisser deux fois l'animal et lui demande pardon. Elle n'arrive pas à l'énuquer, il défèque sur sa veste jaune, elle me le rend.
Je m'occupe aussi du troisième.
Est-ce que ça a assez craqué ? Un dernier crac pour être sûre.
Le poisson se débat, des coups de queue.
Où commence le cou ?
La tête tranchée.
Je la jette, comme si c'était une motte de terre.
On enchaîne.
Vider.
Du gras, des ligaments, des poches.
C. craint que ça pourrisse à l'intérieur.
Elle s'éloigne des poissons.

Tant qu'elle reste dans les parages, je sens que ça me donne des forces.
Je lui dis que le sang-froid viendra de poisson en poisson. Elle me croit, mais n'insiste plus pour apprendre.
Z. la rappelle sur le bateau, je termine seule.
Ça change tout.
Nous n'étions plus que nous, les poissons morts et moi.
J'ai fait un travail grossier.
Tranché les autres têtes.
La mort s'est installée dans chaque poisson. Il faut longtemps pour que le système nerveux s'endorme.
Une partie des viscères a résisté puis la grappe est venue.
J'ai arraché les trois cœurs qui sont descendus dans la mer comme du gravier.
J'étais sans joie, je le suis encore.
Je suis sûrement terrible à voir.

Au bateau, il est tard, les camarades sont silencieux.
Ils n'ont pas faim et je sais que j'aurai à cuisiner seule sans qu'on me propose de l'aide.
J'ai cuisiné les trois poissons.
Tu les as eus, mais tu n'auras pas leur beauté.

Recourbés et raidis, leur couleur chatoyante avait disparu. En cuisinant, je me suis sentie très seule avec mon acte, et en mangeant aussi.

Je me suis levée pour débarrasser. Z. était en bout de table, orienté dans ma direction, son filet de poisson à peine entamé, mais les couverts en croix dans l'assiette.

Soudain j'ai cru l'entendre dire aux autres: « C'est bon, elle va faire la vaisselle. » Ils sont tous restés assis autour de lui.

Leur chair difficile et fade me reste sur l'estomac. Ce n'est pas de leur faute. Est-ce que c'est vrai qu'ils seraient devenus meilleurs si j'avais attendu une nuit entre la mort et la cuisson? J'aurais dû le savoir, j'aurais dû sentir cette vérité lorsque les poissons morts s'évadaient de mes mains comme pour m'obliger à la patience.

Je crois que T. était presque content que j'aie commis cette erreur.

D'une façon déplaisante, presque ricanante, il a dit à tout le monde que je n'oublierai pas la leçon la prochaine fois. « Elle s'en souviendra. »

Z. a eu un mouvement de buste vers l'arrière, comme quelqu'un de satisfait.

J'ai attendu de voir si l'un des deux oserait se confronter franchement à moi.
Ils ont détourné le regard, qui est allé rejoindre par en dessous celui de S. qui souriait en mâchant du pain.
La scène m'a troublée, même si je crois que n'importe lequel des camarades aurait eu droit à un commentaire d'apparence anodine de la part de T. Lui qui cuisine si peu pour nous.
Mes doigts sont collants.
Certains incidents ne doivent pas prendre trop de place. Ils tiennent sur deux pages.

Insomnie J'ai demandé à C. si elle me trouvait dominante et orgueilleuse.
Elle a pris un air étonné, en affirmant que pas du tout.
Ce n'est pas ce qu'elle a écrit dans son journal.
En ce moment elle dort, juste là, et semble innocente.
Ses grands yeux vert-de-gris se reposent sous la paupière bombée.
Trois doigts dépassent du sac de couchage.
La journée elle s'arrache les peaux, mais maintenant tout est paisible.

Son bonnet forme une poche plate au sommet de sa tête. Je voudrais le lui remettre mieux.
Que sait-elle de moi ?
Elle ignore que je suis coincée dans mon corps.
Pas de place pour ces bras musclés, ces larges épaules, ces fortes cuisses qui se rejoignent l'une l'autre, et ce ventre insatiable.
Mes veines sont dilatées et mes doigts gonflés peut-être à cause du thé vert que je n'aurais pas dû boire.
Je prends trop de place. Je déborde. Sortons.

Je me suis cogné la tête en sortant – une bugne, rien de grave.
J'ai pris de grandes bouffées d'air les yeux mi-clos, jusqu'à trembler de froid.

Nourriture

Notre rapport à la nourriture est consternant, déréglé.
Il faut nous voir à table. C'est chacun pour soi. Z. et T. font la conversation. C. ne dit presque rien sauf « merci, c'est suffisant », et eux ils meublent. Dès qu'ils peuvent ils rient de nos habitudes culinaires. Z. rit, surtout lui. T. le suit et alimente le rire de son chef, il nourrit son chef pour qu'il rie

méchamment. Z. devient caustique quand il nous sert la nourriture. « Ah oui c'est vrai, pour Miss c'est demi-portion. » C. mange moins que nous, c'est une donnée dont je n'ai pas parlé. Ils disent qu'on se complète elle et moi, Miss et Mousse.

Ce sont des paroles lâchées par-ci par-là.

D'une certaine façon, je comprends que C. refuse la nourriture de ceux qui la blessent et qu'elle préfère avaler ce qu'elle cuisine elle-même, ses pâtisseries. Moi, dans ces contrées désertiques, j'ai faim au-delà de la faim. Je pourrais engloutir les potées des camarades et nos réserves si on me laissait une journée seule à bord. Ça ne suffirait pas à ma survie. Si je regarde dedans, comme mon cahier m'invite à faire, je prends peur de moi-même.

Pipi nocturne

Je garde les gants en laine pour faire pipi sans perdre mes doigts. La nuit je n'utilise pas le seau d'aisance. Je fais directement dans la mer, depuis l'échelle de bain, à la poupe. J'ai peur de glisser et de me noyer sans que personne ne remarque, mais comme ça il se peut que j'anime le plancton

lumineux. Je serre l'échelle d'une main et de l'autre, je baisse le plus vite possible mon pantalon thermique et ma culotte. Je me plie à un mètre au-dessus de la mer. La brume froide entre en moi. C'est aussi ce qui nous différencie des camarades. Nous ne pouvons pas rester de face, debout et droites. Nous devons nous plier en deux et présenter nos fesses à l'inconnue qui est derrière, à cette présence humide. Notre tête n'est qu'à moitié tranquille, elle se comporte comme une tête de hibou.
Parfois quand je suis nue, je la sens venir depuis les profondeurs, attirée par l'odeur d'urine. Elle surgit en un instant, sous mon sexe, mâchoires ouvertes et mécaniques, c'est une créature protéiforme avec des nageoires dentées et un masque à épines, elle vient pour m'engloutir. La créature me fréquente quand j'ai la vessie pleine et que mon pipi dure longtemps, elle me fréquente, me connaît, et nous devons nous battre.

Froid humide Je ne m'habitue pas.
Est-ce que j'ai dit à quel point il faisait humide sur *Artémis* ?

Humidité constante. En ce moment on est à 83 %.
T. vient d'assainir la cale avec la pompe électrique.
Le plus dur est d'aller dormir. Nos couchettes sont ce qu'il y a de plus humide à bord. Mon duvet ne sèche plus vraiment, au fond vers les pieds, où nos matelas moisissent.
Raideurs au cou, les omoplates comme piquées de mille clous.
J'imagine les corpuscules de Krause en état d'alerte.
N. m'a expliqué ces milliers de thermo-récepteurs répartis sur le corps pour avertir l'hypothalamus de faire le nécessaire. J'aimerais leur dire que tout ira bien, que c'est bientôt fini.

Quand ma pensée se fige, je me mets sur le ventre et je glisse mes mains sous ma poitrine. Je récite un mantra *Diana, Martha, Vania*… J'ai remarqué que ça faisait venir la chaleur.
C'est rare le pouvoir d'un prénom.
Pas envie de les réduire en initiales. L'ambassadrice, la fiancée, le petit frère. Avec eux trois, j'ai connu un sentiment immédiat, qui ne s'explique pas, qui ne s'acquiert pas, qui s'est déposé sans que je n'aie rien à faire.
Diana.

Lui écrire ?
Je n'ai ni son nom ni son adresse.

Manchots empereurs Les vagues déferlent sur les icebergs que nous passons. Le voilier file, vent de travers, régulier, il fait grand beau et froid polaire. J'ai l'esprit vague, étranger à lui-même, ma pensée se dilue, j'inspire les embruns. Ça dure depuis des heures. C'est comme une cavalcade. Devant moi, des montagnes brunes, carrées, pareilles à d'immenses peaux tendues sur des lignes horizontales. Leur ombre les plisse. Derrière, une fine visière blanchâtre bordée de gris mauve : les neiges intérieures.
On passe de la mer à la terre en un saut du regard, distraitement. Le mouvement du bateau fait dodeliner l'esprit, il suffit d'un envol de mouettes à contre-jour pour absorber ce qui reste de compréhension intellectuelle du monde, je suis sur le point de tomber. Si je lâchais ce stylo, ma cervelle plongerait en eaux profondes avec les tourmentes et les tourbillons. Ce serait bien, peut-être, se laisser glisser doucement dans les lueurs sous-marines jusqu'à ce que plus rien ne croche à la peau.

C. et N. me rejoignent sur le capot, je leur fais de la place. Nos hanches et nos bras au point de jonction fabriquent une source de chaleur. Le reste grelotte sous les couches de vêtements. Le soleil bas se balade sur la mer et à la pointe de nos genoux repliés. On se serre un peu plus, d'instinct. Visages tournés dans la même direction, voix aspirées par le vent. Expérience troublante. Passage du temps. Lumière aveuglante. Corps compacts. On se colle comme trois manchots empereurs, on fait un mur, on se blottit et on attend.

Troisième cahier

Tout se déforme, même l'informe.
Les édifices de la mer s'écroulent comme les autres.

Victor Hugo, *Les Travailleurs de la mer*

Faucon gerfaut

Marche en groupe. Le capitaine nous accompagne, bien que ça lui donne le mal de terre. Les jambes de S. s'articulent dans d'épais pantalons de toile. Mes yeux ne quittent plus ces jambes depuis que je les ai vues décharnées, terrifiantes. Il nous entraîne sous une falaise que nous longeons.

Soudain, des cris aigus, décochés comme des flèches depuis les hauteurs. S. repère aussitôt des fientes dans une fissure, sous une forme claire qui pourrait bien être un nid à plus de cent mètres de haut. Il nous presse de partir, jugeant qu'on a mis la nichée en état d'alerte. Peut-être même que cette femelle perdra un de ses oisillons. Bien sûr, on aimerait voir à quoi ressemble le plus grand des faucons du monde, mais on se retient.

T. s'attarde avec les jumelles. Des nichées il y en aura d'autres, il dit. Il parie que ça fornique bien dans les falaises. (Nous n'aimons pas son vocabulaire.) S. indigné lui fait signe de se taire, car ce sont des oiseaux rares. S'ensuit entre eux un pitoyable petit théâtre de jurons ravalés et de pantomimes, pendant que les faucons tout en haut s'égosillent.
T. cherche à s'allier le capitaine, ce qui ne marche pas.
Z. grommelle de s'en aller et le pousse aux épaules. Les cris s'estompent seulement quand nous arrivons tout en bas, dans la tourbière auprès d'un lac en forme de goutte.

T. ne sait plus comment se comporter depuis que Z. marque de l'estime à l'égard du grand S.

Sur le bateau, cette scène furtive : C. passant une plume satinée sur la joue de S. qui ferme les yeux et lève le menton pour qu'elle continue.

Toilette du capitaine

Ce matin, c'est Z. que je surprends sur le pont.
Il doit être très tôt, l'aube.

Il fait ça vite et bien, avec l'habitude des grands froids.
La vapeur s'échappe du bec de la bouilloire.
Ses mains tiennent fermement un savon neuf.
Même les frissons semblent domptés et lui convenir.
Il se frictionne d'une serviette de camping.
Gestes agiles et rodés, agaçants.
Ses ablutions n'éveillent pas mon attendrissement, au contraire. Je cherche la marque d'une faiblesse, un motif de honte. Je cherche sans rien trouver d'autre qu'une assurance virile et arrogante, comme s'il se savait regardé. Mes yeux tombent enfin sur des varices, un petit début d'arborescence.
— Que fais-tu ?
Je sursaute à la question de C. (je l'avais oubliée).
À ce moment je comprends mon idiotie, ma quête grotesque.
Elle se redresse sur le coude. Je réponds qu'il va faire beau et je rabats le rideau.

Laver les cheveux C. me confie qu'elle souffre de ne pas laver ses cheveux.

Ils sentent le rance. Je la comprends, les miens me répugnent.
Elle propose qu'on s'entraide.
Sur le pont elle a tout préparé. Les bassines, la bouilloire, nos serviettes, un flacon de shampoing.
Elle s'occupe de ma tête.
Mes crins ne la rebutent pas, je crois.
Elle verse encore un peu d'eau chaude et continue.
Est-ce qu'on m'a déjà lavé les cheveux gratuitement ? Je n'ai pas de souvenir.
Je cache mon émotion, le dos tourné je dis « merci tu fais ça bien ».
Je compresse le reste de la gratitude à l'intérieur, et mes carences affectives, qui me font honte.
Mais elle a dû sentir que j'étais émue, parce qu'elle a dit qu'elle pourrait finir toute seule si je préférais rentrer me mettre près du poêle.
Maintenant je suis coincée dans ce lien.

Déesse Ce qui vient de se produire m'a fait repenser à cette statue que Diana avait tenu à nous montrer, le deuxième jour. Avant de nous dire au revoir, notre hôtesse, notre ambassadrice pour ainsi dire, nous avait emmenés

sur le front de mer, à l'ouest du port industriel.
« Look at her hair ! »
La statue en granit représentait une femme nue, sorte de vieille sirène, qui plongeait son regard divinatoire dans la mer, un morse en guise de chevelure et son bras sur un ours. On la voyait entourée de créatures marines et d'un homme qui semblait à deux doigts de lui pincer un téton mais qui, en réalité, s'appliquait à peigner ses cheveux.
« That's our Mother », la déesse des fonds marins, régisseuse des pêches et des nourritures. « If we become greedy… » Si on la contrarie en devenant cupides, elle se venge en capturant les animaux dans le filet de ses cheveux. Pour l'adoucir, on envoie le chamane.
Je me souviens de la tournée de regards, influents, que Diana nous avait adressés. Ils semblaient dire encore *Masters, be good to servants* (Ephesians 6 : 9) ou simplement *Behave well, my friends.*

J'ai des nœuds épouvantables dans les cheveux.

Petit peuple Maintenant je les vois, à la crête des vagues.
Maintenant, au sens de désormais.
Hier, un béluga.
Ce matin, la corne d'un narval.
L'escorte d'*Artémis*.

Le jouet Descendu la moraine et marché le long du rivage en compagnie de S. Le sable brun, presque vaseux, nous aspire les semelles. Il fait un fagot avec des bâtonnets qu'il a trouvés.
Il me demande combien de kilomètres par jour un bœuf musqué est capable d'arpenter. Il a parfois de ces questions inattendues, mélancoliques.
S. photographie le moindre débris et chaque cordelette. Il remonte le long des énigmes, convaincu qu'il y avait récemment une cabane bleue ici. Il me montre les morceaux de charpente.
Il ramasse une vertèbre, du plastique, des cordages, des ordures habituelles, un patin de luge, une basket bleu roi.
Puis il tombe sur un petit bateau fait de trois pièces de bois, trois agrafes et un clou pour la quille. Il observe les alentours comme s'il cherchait des yeux l'enfant.
J'aimerais dire *l'enfant inuit*, mais je ne sais pas s'il est encore inuit ni enfant.

S. dit que c'est un petit objet précieux, on devrait le laisser ici.

Lendemain J'ai aperçu le jouet en bois au fond de la couchette de S.

Au petit-déjeuner, il plaisante à propos de la cabane bleue « effacée de cette terre ». Du lamellé-collé sur le modèle américain des *platform houses.* D'après lui, c'est bien normal qu'elle n'ait pas tenu ou que les gens l'aient sabordée. Devant les autres, il parle d'un jouet très simple, sans grand intérêt, que nous aurions laissé sur place. Je ne comprends pas sa virevolte au sujet du jouet.
Ça me fait l'effet d'une profanation.
Peut-être bien que les petits mensonges individuels deviennent notre normalité ?

Prestidigitation J'ai rêvé que j'écoutais aux portes. Ce n'était pas vraiment une porte, un panneau en contreplaqué sans chambranle. Ça cachait un brouhaha de voix basses en négociation. Je passais à travers les fibres. C'était un salon de jeux matelassé, en rotonde, fumoir

irrespirable avec du velours cerise sur la table, douché de lumière blanche. Pas de visage précis, mais quelque chose de vilain, une forme corrompue et fuyante. Une émanation de corps aux voix démultipliées qui parlaient toutes en même temps. Un ongle déclipsait l'ouvroir d'une cage à oiseau. Un oiseau-mouche s'en échappait et tourbillonnait comme un derviche, retenu par la fumée. Il devenait un foulard et prenait feu. Ça s'est arrêté là. Le rêve s'est évacué de ma bouche ouverte et pâteuse, au bord de l'asphyxie.
Ça m'a poursuivie toute la journée. L'impression vague que les différents protagonistes, c'était S. sous toutes ses formes, capable d'artifices. C'est particulier à admettre. J'ai passé toute la journée en restant le plus possible près de lui pour démentir la sensation, mais j'étais imprégnée.

Jazz Une chose qui me manque.
Aller écouter du saxophone dans un bar.
Ici pas de musique, hormis la flûte un peu aigre de S.
Si au moins c'était une clarinette.

Il la sort de son étui, en joue un peu, le temps qu'une idée lui vienne. La flûte est son instrument d'inspiration.

Pour la future cité alpine, on est en train de réfléchir à un agencement de ponts, de passerelles suspendues et d'escaliers en bois reliant les lieux de vie en terrasses. Un grand jeu de l'oie. On a vu de tels réseaux quand on a étudié la structure du village. Royaume des passerelles. J'en avais aussi aperçu, mais défoncées, au hameau abandonné, quand les enfants fantômes détalaient de toutes les brèches et grimpaient des escaliers.

Tempérament de S.

Il visualise une cité entièrement en bois. Sa grande mâchoire rectangulaire (expansive) s'articule et claque. Le capitaine est ébloui. Nous renchérissons sur cette théorie paysagère peut-être utopiste, mais à laquelle nous croyons. Nous livrons quelque chose à notre tour, pas en guise de contredon, mais parce que la parole de S. nous a réellement échauffés. Certains camarades s'en mordent les doigts. N. surtout, lui qui garde au chaud ses secrets et qui devient taciturne s'il en a trop dit. S. a le talent de nous soutirer

des concepts et d'en faire ses idées originales.
Quand nous partons marcher ensemble, je parle plus que de coutume, des idées me viennent. J'apprécie nos longs échanges, mais quand nous retournons auprès des autres, une fois sur deux je souffre : S. se dépêche de reprendre sa place au sein du groupe et me néglige comme s'il avait honte de moi.
Je ne m'habitue pas aux louvoiements.
Sentiment chronique, qui s'apparente à de l'abandon.
Mais je ne veux pas perdre mon temps dans ces considérations.
Tout de même dire qu'avec N. je ne le regrette jamais. Nos petits entretiens sont parcimonieux et choisis.

Brouillon pour Vania

Vania,
Comment vas-tu ?
Ils feront suivre mon courrier si tu ne vis plus au foyer.
J'ai manqué de présence ces dernières années.
Je te demande pardon.
Je porte ton pull en laine, tu sais lequel (gris souris), c'est mon plus constant vêtement.

Lire le paysage

Je comprends encore mal certains paysages, ce qui a eu lieu. Ce qui adviendra. Les glaciers encore tranquilles sous la neige, par exemple. Leur sens. Ils attendent. Mais quoi ? Ils me déconcertent.

Je songe à la toute première goutte gelée.

Je me dégage du groupe pour réfléchir et revenir ensuite avec des hypothèses sur la meilleure façon de les intégrer au paysage ou de prendre soin d'eux, sachant qu'ils se transforment à vue d'œil.

Quand on doit tous rester à bord, confinés pour penser, je m'embrouille. La gymnastique cérébrale est plus ardue. Z. lui, semble au contraire se nourrir du groupe pour penser mieux, vite, et exposer ses vues avec un dédain évident de ce qu'on pourrait en dire.

Surtout, il ne manque pas de nous rappeler que s'il a son bateau, c'est pour échapper à ces stupides parcs d'attractions qui prolifèrent sur la terre.

Cité minière Aux jumelles, depuis le pont, nous distinguons en pleine toundra une guirlande de pylônes et une cheminée d'usine.

C'est un grand bâtiment circulaire. Tout autour sont dispersés des engins et du matériel de construction. Un héliport sans hélicoptère et un commencement de route. Des planches, des poutres, des parpaings, des cylindres, mais aussi des frigos, des batteries, de la ferraille et des pièces électriques. Les cabanes de chasse ont été remplacées par des structures en dur qu'on aperçoit de loin en loin sur certaines montagnes. Stations d'observation ou futures zones de forage ?

Nous passons notre chemin.

Dénoncée Brume et nébulosité. Lumière faible. Paysage plus automnal et sombre.

La marée est montée pendant que je courais.

Notre radio, posée comme d'habitude sur un caillou du rivage, était presque sous l'eau quand je suis revenue. C'était moins une.

T. m'a dénoncée auprès de Z. Ils me trouvent négligente.

J'ai remarqué de nouvelles fleurs violet-mauve.
C. les a insérées dans son herbier.
À mon insu, je lui ai ramené la fleur emblématique.
Les autochtones l'appellent *Niviarsiaq*, « jeune fille ».
C. ajoute : « C'est un peu nous deux, tu ne trouves pas ? » Je me refroidis.
J'ai surtout vu quatre grands pétales distincts mais assortis.

Sous les ongles, la crasse peut devenir plaisante à regarder lorsqu'elle donne une impression de courage et d'être utile à quelque chose.
Ma passion des mains.
Si je fais abstraction de l'homme lui-même, il m'arrive d'être attirée par celles de Z. Spécialement les poils aux phalanges.

Flocons Premiers flocons de neige, raconte S. quand il rentre des montagnes.
J'ai l'impression que ça lui fait un pincement au cœur.
Peut-être à cause de sa petite ?
On a chacun ses heures sentimentales.
C. collectionne entre autres les coquilles d'oursins.

Elle les bourre d'ouate et les dispose soigneusement dans un carton à chaussures qu'elle range dans l'espace commun, au fond d'un équipet.
Certains soirs, elle sort les coquilles sur la table, les organise et les regarde. Ses dessins deviennent très beaux.

Cappuccino Dernière levée, C. a paru chiffonnée qu'on ne lui propose pas de café, elle s'est servie elle-même un fond, probablement froid.
Elle a demandé timidement si quelqu'un en prendrait si elle en refaisait. Personne n'a répondu.
Elle a soulevé haut la cafetière pour nous reposer sa question.
Z. a quitté des yeux son hublot et a regardé vers elle une seconde.
Il lui a fait sentir qu'elle importunait et que la journée de navigation, qui allait être longue, avait commencé il y a longtemps pour lui.
(Il excelle à la rejeter.) Il avait déjà du café dans le sang.
Il se ravise peu après en acceptant la tasse que T. lui sert.
Il accepte de T. ce qu'il a intentionnellement refusé à C.

Ils étaient tous deux d'une désinvolture écœurante en buvant leur cappuccino.
Je me demande si notre mission les concerne.
T. reste cet adjoint de fortune qui a trouvé comment voyager sans frais en donnant des coups de main, je ne connais pas ses aspirations profondes.
Il désire qu'un aigle vienne lui rendre visite, c'est tout ce que j'ai retenu.

C. l'agace dès le matin.
Ce matin, encore plus dirait-on.
Tasse à la main, il lui demande de se pousser sur la banquette.
Le temps qu'elle rassemble ses affaires, il s'affale sur une feuille à dessin qu'il froisse et dans le mouvement, son coude écrabouille un oursin qu'elle avait peint et verni.
Un de plus un de moins… (Nous l'avons tous pensé, je crois.)
C. n'a pas protesté, elle ne cherche pas à se défendre.
C'est peut-être sa force, rester au-dessus de ces bassesses.
Mais elle était au bord des larmes. Je suis intervenue en étouffant la peine.
« Allez c'est tout, c'est tout, c'est rien. »

Mes paroles, c'étaient celles du foyer, de celles qui donnent le plus mal au ventre.
N. rassemblait soigneusement les miettes.

Variante courte :
Ventre dur comme du caillou, constipation, nervosité. J'essaie de me calmer en chiquant du gingembre.
C. a paru troublée qu'on ne lui propose pas de café ce matin au réveil, elle s'est servie elle-même un fond, probablement froid.
T. boit trop de café.
Il désire qu'un aigle vienne lui rendre visite.
C. l'agace avec ses oursins délicats.

À mon avis le café ne nous réussit pas et le malaise collectif ne s'estompera jamais. Cette tension entre nous, à différents degrés, et changeante, semblable à une cicatrice. Parfois on croit que ça a disparu et puis, il suffit d'un rien, d'un éclairage de côté, pour voir que c'est du permanent. On doit se faire à l'idée, ainsi tout ira mieux.

Guignol Nouvelle journée de forte gîte qui retranche S. dans sa cabine.

Quand il vient s'aérer sur le pont, on l'attache à une sangle.
Il s'assied sur ses genoux, le gilet remonte sous sa pomme d'Adam.
On dirait un guignol suppliant la mystérieuse turbine des vents et des mers.
Je sais qu'il se sent minable et impuissant.
Il nous regarde sans nous voir, puis se détourne vers la mer, la bouche dégoûtée.
T. se garde de lui envoyer des vannes.
N. veille à tout.
Ça dure jusqu'à ce que S. vomisse par-dessus bord et retourne s'étendre.
T. affirme que la mer veut quelque chose, comme si elle attendait de pouvoir nous noyer les uns après les autres.
Il a tort, la mer existe et nous ignore.
Elle n'a que faire des mauvaises intentions.
Devant nous, Z. se retient de se moquer de son second.

Mon obligé

On entre enfin au moteur dans une enceinte naturelle.
Les vagues resteront hors de la citadelle. Soulagement pour tout le monde. S. sort de sa couchette en fredonnant, il se recoiffe et se brosse les dents. Il sort sur le pont, respire

profond cette odeur minérale provenant du fjord, il en met plein ses poumons. Il nous annonce qu'il est rétabli. On dirait qu'il a déjà oublié les efforts de tous ses camarades pour le maintenir à flot pendant qu'il allait mal. D'ailleurs demain il aimerait nous emmener « là-bas », dans le massif. Cette vitalité soudaine me déstabilise.
À croire que je l'aime mieux invalide. Quand on peut être celle qui donne à boire, quand il devient mon obligé.

Éloignement volontaire

Depuis peu j'apprécie que la taille du bateau diminue quand je m'éloigne, alors je m'évertue à prendre de la hauteur, à grimper les terrasses, les monticules, les montagnes.
Je veux me cacher de lui et qu'il ne m'atteigne plus, je m'écarte, et je n'ai plus la hantise qu'on m'abandonne sur place.

Rencontre avec le lièvre.

Lièvre

Je n'ai pas eu le temps de m'attarder sur le lièvre hier.
Je crois que s'il est venu ce n'est pas pour rien, mais c'est pourquoi alors?

Je voudrais raconter pour plus tard.
J'étais couchée derrière une stèle naturelle, à l'abri du vent et de cet œil que j'imagine souvent et qui provient du bateau.
J'étais bien, sans avoir eu besoin de trop courir.
J'avais l'intention d'écrire, mais sur le dos je n'arrivais pas et j'avais la flemme. Mon ventre était gonflé à bloc et sur le dos ça faisait du bien. Il a suffi que je me plonge dans les nuages. C'était des nuages sans vrais contours, d'un blanc soyeux et petit gris. Ils s'enroulaient entre eux comme des fourrures très lentes au-dessus des premières plaques de neige. De minces fentes de lumière les détachaient parfois les uns des autres et ensuite, ils se remettaient ensemble selon de nouvelles alchimies.
J'ai pensé au vent du nord, borée. J'ai pensé à la vapeur de la mer.
Je suis entrée quelque part où c'était verdoyant et tiède.
C'est là qu'il est venu.
Un frottement de terre et de caillasse m'a fait tourner la tête.
J'ai aperçu du blanc, j'ai cru à du tissu déchiré dans les pierres du coteau.
C'était un grand lièvre polaire, dressé

sur ses longues pattes arrière. La physionomie qu'il faut pour guetter pardessus certaines pierres.
Il n'avait pas tout à fait fini sa mue.
Il m'a vue ou flairée.
Je l'ai senti paniquer, hésiter, son élan était rompu. Et puis il s'est approché par petites portions prudentes, jusqu'à venir à portée de main.
Il était près des jambes, puis à ma tête, il a brouté mes cheveux sur la tempe, il faisait mon pourtour en reniflant ma personne, je regrettais toutes les couches de vêtements et ces gants qui me coupaient de lui. Qui es-tu ? Et moi je suis qui ? C'est des questions qui me venaient, mais j'avais l'impression qu'il savait tout.
Et puis voilà. Il est parti, sans détaler, et il s'est enfilé dans une galerie précise.
Je n'ose raconter ça à personne pour l'instant parce que je ne sais pas si j'ai rêvé. Vraiment, je ne peux pas dire si c'était un rêve.

Il y a des endroits comme celui-là où je voudrais rester jusqu'au soir avec plusieurs couvertures de survie.

Marche avec T.

T. veut venir avec moi. Je ne suis pas à l'aise, mais j'accepte tout de même. Je simule que ça m'est égal. En fait de promenade, il me demande mon avis sur C., puis sur N., il évalue le pauvre S., il veut connaître des intrigues et farfouiller dans nos intimités.
On dérange un couple de lagopèdes. Les oiseaux se perchent sur une pierre, croyant se camoufler dans les lichens. Treillis militaire gris. La correspondance naturelle entre leur plumage et la géométrie du champignon est prodigieuse. Pourtant, leur regard reste fixé sur nous comme s'ils se doutaient que le camouflage était insuffisant. L'un craintif, l'autre accusateur. Je ne veux pas oublier ces yeux noirs cerclés de blanc. Ils veulent qu'on parte. Mais T. les amadoue avec une barre au caramel.
Les lagopèdes sont passés en un instant d'oiseaux libres à des bêtes de cirque qui cheminent de façon ridicule en transportant chacun un morceau immangeable et cruel.
Je n'ose pas m'opposer à cet homme aux lèvres renflées qui s'assèchent sur un rire solitaire.

Seconder Z.

Le capitaine a mal aux yeux. Il dit que la lumière l'a aveuglé comme autrefois la lumière du pôle Sud. En ricanant et en banalisant, il fait comprendre que nous devrons le seconder davantage. Il propose à C. de s'occuper des manœuvres avec lui, puisque c'est grâce à elle si notre spi est réparé. Il présente la chose sans lui donner le droit d'hésiter. C'était une grosse déchirure, il la félicite pour ses progrès en couture. C. devra sûrement vomir tout à l'heure dans le seau. Vomir de stress.

Nous autres, nous restons calfeutrés à l'intérieur.

N. est attentif à ce qui se passe sur le pont, du moins je crois; il a levé les yeux de son livre et il écoute la progression-agitation des quatre bottes et des manivelles. Un grain se prépare. Il proteste quand S. se met à jouer de la flûte pour passer le temps. Il lui demande d'arrêter.

Nous entendons la voix de Z. et très faiblement celle de C. Il lui manque bien sûr des forces.

Des flashs de ciré jaune et de voiles s'aperçoivent à travers le hublot. Le vent forcit dans le gréement. Je me mets à la place de C., je sens qu'à cet instant ses mains tremblent de froid et surtout d'intimidation. *Ne cède pas à la panique.* J'éprouve son vacillement près du mât pendant que, un genou plié, la capuche faseye au bord de ses yeux et qu'elle a un cheveu coupant dans l'œil.

Autour du jour 28

Ça va faire trois jours qu'on navigue pour rattraper le temps.
Impression d'enfler.

Médicament naturel

Enfin la terre.
C'est entre chien et loup qu'on débarque et qu'on s'éparpille.
Rendez-vous dans une heure au zodiac.
Je tangue, petite ivresse terrestre.

La gorge ne se desserre pas tant qu'il me reste de la force dans le corps. Je cours. Il faut parfois des kilomètres. Les hormones arriveront peu à peu, je les fabrique et les attends, elles savent que je les attends. Elles viennent, les endorphines. Je peux ralentir.
Deux parois de granit se dressent de part et d'autre de mon corps.
Je m'accroupis.
La pierre vibre autour de moi.
Je connais ce bruit. Grincements suraigus, enfouis, typiques des greniers.

Chez nous ce sont les chauves-souris*.
Mais ici ?

* Je n'aurai jamais peur de ces créatures hypersensibles, suspendues à l'envers, qui ont des poils, des ailes et comme nous des mamelles. Aucune d'elles n'est méprisante, aucune n'a le cœur dur ou tendre. Elles partent chasser au moment où les villes s'endorment, quand la nuit déballe une à une ses étoiles, capitaines éternels.

Le début de la nuit s'accroche à la pierre et des étoiles arrivent.
J'entends les voix des camarades, des paroles qui sautent, des éclats.
Sous la voûte céleste, le plus inquiétant parfois ce sont les humains entre eux.
Et puis de nouveau l'isolement. Les grincements. Le vent dans les fissures.
Il fait bon chaud dans ma combinaison.
Je n'ai plus de motifs de bataille, plus besoin de me montrer victorieuse.
Rien ne peut m'atteindre.
J'ai tellement sommeil.

Opposition

Je suis lourde et rigide dans ma combinaison. J'entre dans la cabane où je suis maintenant. À chaque fois, je me dis que c'est sans doute la dernière de ce style, avec vue sur un fjord. La neige tombe dans la mer. Elle sent le bois, on y est bien. J'ai l'impression que c'est familial, plusieurs générations. Presque un logis. À chaque séjour, un petit quelque chose y est laissé, un grattoir et une herminette, un bol en stéatite, un bracelet, un cristal de roche, un cache-cou tricoté, qui attire ma joue. C'est du *qiviuk*, duvet du bœuf musqué, plus doux encore que du cachemire. La cabane est imprégnée.
Des pas sur le sable.
C'est T.
Il urine contre un pilotis.
Je dois m'arrêter là.

Écrire au présent.
Pendant mon inventaire, T. entre dans la cabane et touche aux objets sans scrupules. Il m'apporte un chandelier et des photographies. Je lui demande de les reposer. Il répond que toucher c'est faire revivre. Il s'amuse avec les images en disant combien les femmes d'ici sont attirantes. Il fait glisser le

carton entre ses lèvres et me regarde intensément, la bouche entrouverte, suggestive.
Sa main avance vers ma nuque.
Je me lève d'un bond, le repousse des deux mains. Je laisse derrière moi la cabane avilie et m'enfuis au pas de course. Son rire résonne dans ma tête. Je l'ai mis à terre, c'est ça ? J'escalade un pierrier en transpirant. Au sommet, ça vente, j'ai mal ajusté mes vêtements, mais ce n'est pas ce qui m'arrêtera, le tout est de pouvoir foncer, que mon corps reprenne ses vrais points de contact. Cailloux, cailloux explosés, c'est dur, froid, pelé. Je cours jusqu'au bout opposé de la crête. De ce point on aperçoit au loin les glaces de mer regroupées par les courants et sûrement piégées par des hauts fonds. Ces glaces entre ciel et mer me paraissent irréelles, atmosphériques, flottantes. Oui, en apesanteur, comme moi à cet instant.
Je tombe sur S. dans une pente. J'arrête de courir pour marcher en sa compagnie et reprendre mon souffle. Il continue d'être après ses arbres. Les saules nains, les bouleaux blancs, le genévrier ? Absents. Il arpente la toundra et revient avec des récits de

moins en moins crédibles. Aujourd'hui ses longues mains ont de la peine à savoir où se blottir. Il a oublié de boutonner sa parka bleue et je dois lui dire de se moucher.
Plus tard, en me regardant mieux, S. pose sa main sur mon épaule.
« Est-ce qu'il s'est passé quelque chose ? Tu trembles. »

Délires Les courants marins nous déportent. Il me semble que nous mettons la voile dans son sac. Je ne reconnais pas la lumière. Les camarades s'affairent autour de moi. Leurs visages me sont devenus si familiers. N. me donne à boire. J'aime qu'il touche mon front. Il applique la main, elle reste un moment sans bouger.
Le brouillard s'opacifie pendant que nous grimpons avec le bateau. Je le perds de vue. Les nuages continuent de descendre. Le bateau escalade une vague. Quand nous sortons de là, le ciel dégagé nous éblouit. Au-dessous, la mer de nuages ressemble à un mur, à une table, une brique blanche à peine grisée. Ça se produit lentement. Ça rappelle le lent mouvement de la mer de glace poussée par-derrière ou par-dessous.

On me raconte que pendant 48 heures j'ai eu des délires.

Tuer le phoque

Sa tête dansait dans la mer anthracite. À ce moment-là, nous n'avions pas spécialement faim. Mais S., stimulé par T., a eu envie de connaître le goût de cette viande. Ils sont allés chercher notre fusil. Pendant ce temps, le phoque à peine plus sombre que l'eau s'approchait d'une façon joueuse.
Je me rappelle l'œil plissé de S. dans le viseur, la lumière grise et peut-être une bouche entrouverte et vulgaire. Du moins, une expression nouvelle. Le coup est parti, la balle au milieu du front. En un instant le phoque est passé de vivant à mort.
S. me parut subitement exténué. Mélange de gloire et de remords. Cherchant quelqu'un pour l'aider il s'est tourné vers moi, j'ignore pourquoi, et nous avons dépecé ensemble le bel animal.
Je ne comprends pas ce qui lui a pris, je suis peut-être un peu déçue par cet acte gratuit. À part T. et lui, personne n'avait envie de le manger. Depuis, l'odeur sature notre bateau et me donne la nausée.

Inventaire Nous faisons régulièrement l'inventaire de ce qui reste à manger, c'est un besoin. C. me devance et se propose avec N. Ils s'installent dans le carré et leur affairement nous écarte. N. sort nos boîtes, nos conserves, les épices, les biscuits, le riz, le thé. Ils nettoient au vinaigre le garde-manger et les caisses et mettent de l'ordre, et C. murmure en rédigeant la liste. N. s'arrête un instant et la regarde. Ils se regardent. Il se produit entre eux quelque chose.
Personne n'a rien vu.
À la fin, ils nous lisent la liste.

Trognon Nous avons peur de manquer, mais personne n'en parle.
C'est une peur atavique. Quand on se retrouve seul sur le voilier, on se discipline pour ne pas piquer dans la nourriture commune. Une fois, un trognon de pomme flottait dans un cercle de méduses près du bateau. Peut-être que c'était S. ou le capitaine qui s'était servi dans la réserve.
J'ai mangé compulsivement et sans plaisir trois mandarines.

La première était insipide, la deuxième un peu moins, la troisième desséchée. J'attends la prochaine escale pour jeter les pelures.

Carnet de N. Il écrit debout, n'importe où, en vitesse, mais d'habitude il est vigilant avec ses affaires. Son carnet gris a pris la forme de sa paume et ses coins sont ramollis. N. réduit ça en parlant de ses mémos, mais c'est intime. Il traînait sur la table.
J'ai craint que Z. n'y touche, je l'ai mis en lieu sûr.
Je m'autorise tout de même une petite page.
Tu y parles des températures.
Je te donnerai de nouveau de la gaulthérie pour tes orteils.
Une deuxième petite page.
Tu dis que même les nuits deviennent pénibles. *Moments sereins avec le paysage heureusement.*
Tu remets en question la décision de Z. qui n'a pas accepté de s'attarder à la presqu'île, celle avec l'odeur de cigarettes. Selon toi, il aurait fallu organiser un mouillage près des pêcheurs.
Je suis d'accord.
À la troisième page, tu parles de moi.
Ça me consterne.

Tu crois qu'on se ligue, Z. et moi, quand tu es à la proue avec ton casque et nous, à la poupe. On susurre que tu ne travailles pas assez fort, que tu deviens fainéant, que tu te renfermes et que tes archives ne serviront à rien. Je comprends que tu te tiennes à l'écart de moi depuis quelque temps. Comment as-tu pu imaginer une chose pareille ? Suis-je devenue à ce point vilaine ?

Encore du poisson

On pêche de plus en plus, en rivière comme en mer.
De splendides ombles chevaliers, argentés, bleus et verts, piqués de rose, mes préférés pour leur chair saumonée. C. s'améliore de jour en jour. T. la prend comme adjointe et je crois que ça la rend fière. On augmente les rations, on en prend plus que ce qu'on est capables de consommer, on veut plus que ce qu'on pourrait manger à nous six, on veut parce que c'est encore là, parce qu'il y en a, que ça paraît abondant et que ça nous fera des réserves, on aspire à des réserves comme là-bas, en ville, on est rassurés d'avoir du poisson séché, des conserves de secours, c'est une grande

habitude qui calme une peur fondamentale, une peur terrible, celle dont personne ne parle, alors on s'arrange vraiment bien pour que les poissons s'accumulent dans le seau noir, qu'ils s'entassent en désordre, on ne fait plus cas de leurs spasmes, on s'accoutume parce qu'on aime cette abondance, on aime prendre, prendre du poisson.

La peur du manque nous rend affreux. On a englouti les sept poissons. Mais ça a mal fini. Certains ont vomi la bonite excessive. Pendant la pêche j'étais à demi consciente, un peu sonnée d'ailleurs, pas le temps de remercier les animaux ni la mer, ou alors du bout des lèvres, de façon déjà distanciée comme une formule apprise par cœur. À présent, à la nuit tombée, me revient la sensation claire d'une partie de chasse. On ne supporte pas que l'hameçon revienne sans prise. On part à la pêche comme on joue à la loterie ou comme on viserait des boîtes de conserve avec la balle de sable dans une fête foraine, avec la rage de gagner même si on sait très bien que le prix sera une peluche hideuse qui ne tient pas dans nos bras et qu'on regrettera aussitôt. On a fait ça avec nos poissons. On a lancé les lignes à foison au soleil couchant. On les éviscère rapidement, on tranche, on arrache les ouïes, on éjecte les joues, on jette le non-comestible. Insomnie. Je ressasse mes actes. Maintenant que le poisson est dans mon corps. Le poisson-mutant, tête droite à la naissance et de travers à un moment donné de leur croissance. Celui que j'ai leurré avec une cuillère. Celui qui m'a le plus excitée. Celui qui avait un mini octopus intact dans l'œsophage.

Sang-froid Z. perd de temps à autre son sang-froid.
Il vient d'engueuler T. pour une histoire de manivelle.
Je les ai regardés à travers un hublot.
Je les sentais au bord de la bagarre.
Ils ont su se ravoir.

Aujourd'hui Nous vivons au jour le jour.
L'expédition engendre des aujourd'hui.
Je me demande si c'est bon pour le cerveau.
C'est comme si nous n'avions plus de sillage.

Une partie des tensions s'efface.
Ça sent la neige.
Fini le poisson.
Depuis que je n'en mange plus, je me sens à l'écart mais moins mal.

Désobéissance Z. tambourine à nos cabines.
Ce matin à l'aube, S. est parti sans rien dire.
C'est la première fois.
Il a pris le zodiac et s'est promené sur l'île d'à côté pendant que nous dormions.
On ne doit jamais faire ça. « Jamais ! » répète le capitaine. Il menace de nous débarquer si on recommence.

Journée de travail un peu gâchée.
Grogne ambiante.
Je comprends S.
Je peux comprendre Z.

Plongée II C. a tiré son deuxième billet de plongée.
Aux jumelles, on suit son avancée à partir d'un delta brunâtre.
Elle longe de grands rochers verticaux et fendus.
Se faufile dans le pierrier, nous égare par instants.

Ressurgit beaucoup plus loin. Elle bondit comme un chamois.
Plus je me concentre, plus je devine son intention.
Elle aimerait nous offrir sa grâce.
Comme une poudre de fée, le paysage s'anime à son passage.
Le dessin le plus parfait.
Elle longe un lac, un demi-cercle éblouissant.
Devient presque transparente au bord de l'eau.
Au retour, elle me paraît transfigurée.

Réchauffement C. a entrouvert le petit hublot de coque. Son lit est défait.
J'enfile mon bonnet et reste couchée comme une momie sur un fleuve. Bercée. Des reflets sont projetés dans mon sarcophage, ils m'entraînent loin de moi-même, miroitant comme de larges écailles très souples. Je ne sais pas où je vais, mais ça n'importe plus.

La température de l'air s'est réchauffée de 1 ou 2 degrés malgré qu'on aille vers le Nord. Ce n'est sans doute qu'un sursis de quelques jours, nous prenons tout ce qui fait du bien. Cela nous soutient, nous réconforte, même

si nous sommes mal à l'aise pour le destin de la calotte.
Nous avons mis à aérer les duvets et les matelas sur la bôme. Z. nous dit d'en profiter. Ce sont les dernières journées comme ça.

Là où nous sommes c'est un sanctuaire. Les glaces viennent se reposer et mourir. Quand elles ont fondu, elles laissent leur pourtour fantomatique comme une aura.
J'ai rendez-vous avec la mer.
Elle est bleu tourmaline.
Partout le reflet des glaces et leur étrange silence, parcouru de sons comme des rires d'anges dans un couloir.
Les camarades faisaient une lessive, de petites réparations, reprisaient une chaussette. Cette fois je n'ai pas attendu d'avoir le bateau pour moi, au contraire, j'espérais ces témoins. J'ai préparé notre thermos de thé. Je me suis mise en maillot. J'agissais sans parler, sans répondre à leurs interrogations.
Je suis entrée lentement dans la mer.
J'étais une viande qu'on saisit.
T. est resté interdit.
« C'est une folle. »

Je lui souriais d'un mauvais sourire.
— Laissez-la elle sait très bien ce qu'elle fait, a coupé C. Ça fait un moment qu'elle s'entraîne.

Deux dormeurs

Je courais quand je les surprends en pleine sieste, Z. et T., couchés dans la mousse. Un peu de soleil sur la peau du visage. Ils sont assoupis au milieu des baies. Du tabac sur une pierre et la radio dans la main de T.
Un instant, il n'y a plus de commandant ni d'adjoint, ce sont des dormeurs juvéniles. En vue zénithale, on les prendrait pour du buisson.
Plus je les observe, plus j'ai l'impression qu'ils savent que je suis là, derrière ce rocher. Qu'ils ne sont qu'en état de veille. Une sensation troublante, impossible à vérifier. Est-ce que c'est ça dont C. me parle à leur sujet? Un pouvoir d'intimidation continue?
Mes jambes faiblissent, je recule sans faire de bruit.

Je cours plus vite qu'avant.
Z. l'a constaté. Il me demande si c'est pour mieux m'enfuir.

Dieu Sur un dôme, mes yeux se ferment. Sensation de couverture sur la poitrine. Mes doigts ne sont pas en situation de détresse. Il doit faire 10 degrés au soleil. J'entrevois la fleur mauve. *Niviarsiaq.* La jeune fille. Son pétale déchiré. La fleur tient le vent au bout d'un brin de foin. Mes yeux se ferment de nouveau. Dis-moi où tu te caches, Dieu. Je demande que tu reviennes, que tu arrêtes de me laisser en plan. Tu ne vois pas que je te cherche même dans un pétale et dans la pierre ? Je crois te sentir et puis plus rien. Je m'en veux de te vouloir à ce point. Si je ne te voulais pas, viendrais-tu ? Je t'effraie par mon attitude ? Tu déchires un à un mes masques, mais me laisses avec eux. C'était bon et chaud, voilà que c'est glacé. C'est pareil au soleil quand il se dissout dans la mer. Il est toujours trop tard quand on s'en aperçoit. Trop tard. Le froid est entré partout sous la peau, à l'os. La chaleur n'est pas récupérable, sauf sous les aisselles et dans l'entrejambe. Alors je cours comme une poule sans tête pour me défendre. La mousse se décroche sous mes semelles et je glisse sur la roche noire, visqueuse, sournoise, en dessous. Avec ma phobie des engelures (et du reste) je détruis le paysage, je le foule et lui rends sa dureté. Il devient redoutable, je m'expulse de lui et donc, de toi.

Blessure Entorse à la cheville.

Rien de grave je crois, mais je bouillonne. Corps fiévreux.

Je me sens encastrée dans ce bateau.

Les camarades prennent leur distance.

Si ça n'avait pas été une entorse, j'aurais eu un autre accident.

Glace, cataplasme et bandage.

Z. me regarde sans rien dire. Mais j'entends sa pensée.

Bien fait, tu ne pourras plus t'enfuir.

J'ai le temps de cogiter. Je pense aux enfants fantômes du hameau en ruines. Il arrive que je les revoie en flash. Pourquoi ont-ils du sable dans la bouche ? Je leur demande de m'en dire plus, mais ils s'évaporent au moment de mimer leur problème. Comment interpréter ces visites ?

Je revois la môme que j'étais au foyer, à m'isoler un bon coup dans les armoires quand ça n'allait pas. Jusqu'à ce qu'un référent me déloge et m'oblige à raconter. Je mentais, mon poignet lui glissait des mains, je détalais. Si c'était Vania, je retrouvais courage.

Navigation sportive

14 heures de navigation à la voile, 15 nœuds de vent en moyenne. Ça gîte bien. Z. au four et au moulin, une agilité exacerbée par les défis que la mer réserve. N. au balcon avant pour annoncer les résidus de glace. Droit, immobile, une main serrant l'étai, l'autre dans la veste.

Il a vu un dauphin, mais ne le dit que le soir.

Les glaces, il les annonce en se retournant vers Z.

— Petites choses à midi, 200 mètres.

Il parle ainsi.

Nos mains sont emballées comme des oignons.

On est tous en gilet de sauvetage, attachés par un mousqueton à la ligne de vie.

Les blocs de glace qui affleurent se montrent tranchants et mauvais. On ne les voit pas venir sous l'écume.

N. a perdu la notion des semaines et des jours, mais aussi la notion des heures à l'intérieur des journées. Il dit que c'est parce qu'il ne tient pas de vrai journal.

Même dans ce genre de mer, il peut entrer en méditation et oublier un instant d'annoncer les prochaines glaces. S. le seconde.

Pour Z. c'était donc une journée fatigante nerveusement.
On n'est pas encore assez autonomes. Je ne sais pas si nous le deviendrons. L'ancre, ça oui, on sait s'en occuper. On presse du pied le bouton en caoutchouc. Mais on ne sait pas encore évaluer la qualité du fond marin pour un mouillage, dire si l'ancre crochera bien. On n'est pas vraiment là pour ça. Il faut surtout admettre que je m'en désintéresse. S. aussi, j'en ai bien l'impression. C., elle, se donne toujours du mal pour accomplir au moins cette petite manœuvre ainsi que les nœuds de chaise quand il faut en faire.
Une fois en sécurité dans la baie, Z. s'est fait des tartines qu'il a mangées debout et il est allé se coucher.
Nous, on se prépare des spaghettis au beurre. On fait un cake à la banane. On se montre turbulents et vulgaires, c'est le contrecoup.
Le vent et la mer nous ont abasourdis. Pas une seconde, je n'oublie que Z. est allongé tout près de nous, rompu

de fatigue. Sa tête se trouve à quelques mètres de la table, derrière le rideau à fronces. Cette présence que j'entends presque respirer augmente mon indiscipline.
Il prétend qu'il peut s'endormir dans n'importe quelles conditions et se régénérer, c'est ce qu'on va voir. Je veux qu'on rie dans sa nuit.
Dire, pour faire court, que nous avons fait du bruit et perturbé son sommeil et que c'était plutôt plaisant.

Vengeance

Nous n'avons pas été gentils hier soir. Z. est cerné. Ses arcades sont encore plus proéminentes. Ça lui fait un regard distant. Il ne veut pas montrer qu'il a mal dormi. Je lui découvre des pommettes plus saillantes, comme si on avait creusé, gratté la chair et retranché de la matière. Ça y est il est brûlé, il commence enfin à se consumer. J'éprouve le plaisir féroce d'avoir pu l'écraser.
Je feins l'altruisme en lui servant du café.

La mer est aussi agitée qu'hier, pourtant Z. nous demande de lever l'ancre sans attendre. Il confie la barre et les

manœuvres à T. et retourne s'étendre comme si de rien n'était. T. de toute évidence n'a pas les mêmes réflexes et aptitudes, mais Z. installe mieux la couverture sur ses jambes et se sert un thé.
T. nous délègue certaines manœuvres, on le seconde de notre mieux. On est vite dépassés, mais Z. ne bouge pas de la timonerie. Il laisse *Artémis* s'incliner. On prend de plus en plus de gîte à tribord. Le nom du vent, la quantité de nœuds, j'ai tout oublié, mais c'était fort.
S. en prend pour son grade et rend son petit-déjeuner.
J'ai peur tout à coup. La bouche de Z. est rétrécie, sa veine tortillée affleure plus. Ses représailles me terrorisent. Il sait qu'il nous domine. Qu'on dépend absolument de sa bonne volonté.
Je saisis la portée de mes actes. Oui, c'est moi qui ai entraîné les autres dans cette soirée grégaire et tapageuse pour tourmenter les tympans du capitaine et l'isoler dans sa cabine.
Cette fois encore, Z. a lu dans mon jeu.
Je lui crie n'importe comment que je m'excuse, que je ne recommencerai plus et je le supplie de venir.

Il sort de sa timonerie comme un seigneur. M'engueule. Reprend les choses en main.

Petit miroir

Il fait froid. Le chauffage électrique fonctionne aléatoirement et nos bûches se consument vite dans le poêle. Pieds glacés. J'entends tousser S. Pourvu que le petit matin arrive.
Notre entreprise est si bizarre. Si seulement notre périple avait une visée plus conséquente, admirable. J'ai peur que nous soyons un jour punis par les dieux.

Je suis vulnérable.
Si je ne l'écris pas, je garderai cet orgueil qui à présent me dessert. Je suis devenue une force répulsive, à force de prétendre que je suis insensible. Les autres ne m'ont pas dit que j'avais changé, ils n'ont pas besoin de me le dire. Je me suis enlaidie dans ma forteresse.

L'un des seuls objets de coquetterie que nous possédions dans le bateau était un petit miroir rond accroché à la porte de la cabine. Il fallait se courber et pencher la tête. Le miroir ne nous rendait de toute façon que de petites parties de nous. D'un commun accord, nous avons donc décidé de le jeter à la mer.

Quatrième cahier

L'intérieur de ta maison t'appartient,
mais l'extérieur appartient au passant
qui la regarde.

Proverbe

La cabane au riz

On ne sait jamais ce qu'on peut trouver dans une cabane, c'est pour ça que j'y vais. Celle-ci est grise, bien intégrée au paysage. On dirait qu'une petite fête intime a eu lieu, mais peut-être aussi un petit drame. Un cadre en bois noir est suspendu à un clou, rien dedans.

Je m'assieds sur le sommier assez vaste pour accueillir une famille. Pourquoi ne viendraient-ils pas ce soir ? On ferait un souper simple. Deux casseroles par terre, l'une en fonte l'autre en fer. Un sac de riz. Des sardines. Arrête donc. Il n'y a personne. Juste un oiseau mort sous le lit, couché sur une aile, la gorge beige, le duvet brun cendré. Du riz cru éparpillé autour de lui comme à la noce. Une scie.

Le couchant arrive par un carreau et rallume le plumage.

Me voilà avec ce petit défunt enluminé, dans le trop vaste paysage.

Indisposées

Pleine lune. C. et moi avons nos règles ensemble, en même temps. Elle a du savon, mais ne sait comment faire. Nous attendons la nuit et nous chauffons deux bassines d'eau.

Cet effort hygiénique nous soude momentanément.

Une chambre à soi

La plupart des matins nous trouvons Z. étendu sur la banquette de la timonerie, d'où il peut surveiller la mer et son écran de navigation. On devrait dire Z. *nous* trouve, car c'est lui qui nous voit en premier; il surplombe d'un bon mètre l'intérieur du bateau. Tout en veillant à la progression d'*Artémis*, il a le loisir de nous voir sortir de nos couchettes. De découvrir nos faciès du matin, mes yeux bouffis, mon inélégance ou, comme ce matin, la secrète délectation d'un songe.
Je lui tourne le dos.
J'ai rêvé d'une baignoire et d'une chambre rien que pour moi. Une lumière naturelle s'enfilait dans les

draps; je restais un moment au bord de ce lit dans lequel j'avais beaucoup dormi, vêtue d'une nuisette. Du bout des pieds j'effleurais la pierre propre du sol et découvrais doucement l'espace qui m'était accordé, en me souvenant d'une église romane perdue dans un rural toscan où j'avais passé un été. Un courant d'air animait le coton d'un rideau. Au loin, un haut buisson de romarin m'emplissait de plaisir. Mes yeux tombaient au milieu de la chambre sur une sorte d'autel en grès; quelqu'un avait préparé une assiette d'oranges sanguines et de grenades, je restais longtemps muette de bien-être.

Course Ma cheville va déjà mieux, le curcuma a fait effet.

J'ai demandé qu'on me dépose, mais Z. n'a pas voulu, il m'a remise à ma place en parlant d'un caprice de demoiselle. Je fais le poing dans ma poche. Principe des vases communicants: ma gorge gonfle aussitôt. Je me réfugie dans la cabine. Z. toque à la porte. C'est bon, il m'accorde une demi-heure. « Qu'est-ce qu'on dit? » Il s'attarde une seconde en attendant un remerciement qui ne vient pas.

Le salaud, il viendra courir avec moi sur les rives du fjord.
J'avale un puissant anti-douleur.

J'ai forcé l'allure pour gagner du terrain. Qu'il souffle ainsi le chaud et le froid depuis le début, j'étais prête à rugir. Il a couru à ma hauteur, sans peine, on a couru ainsi, en faisant la course. Son petit corps d'ancien jockey, insupportablement souverain. Ce n'était pas ludique, c'était antipathique et misérable. Je me suis défoncée, j'ai donné mon meilleur sans en avoir l'air. Puis brusquement, sans mot, il a fait demi-tour. L'étrange, c'est que dès le moment où il m'a laissée, je me suis sentie désorientée. Je ne supportais pas sa présence, mais ne voulais pas de son absence. Il était cette ombre forte contre laquelle je courais. J'ai ressenti la désolation du lieu. Un paysage creux m'avalait. J'ai couru malgré la sensation de jambes sciées, puis je me suis étalée sur le sable gris humide, très frais. Il m'est venu une série de frissons, je me suis concentrée sur le goût de fer dans ma bouche. Je me suis souvenue d'un garage souterrain en béton brut que j'ai aimé concevoir, dans lequel je n'ai aucune raison d'avoir peur. Je me suis reprise. Ma cheville me lançait. Il faisait froid. Le vent s'est levé, la mer moutonnait au loin. J'ai remarqué le mur de nuages dont Z. nous avait parlé le matin et contre lequel il nous avait mis en garde. C'était donc pour ça qu'il voulait lever l'ancre sans tarder, pour nous épargner ces bourrasques. Je me suis précipitée au zodiac où il m'attendait avec son arme superbe : un silence froid de capitaine.

Habillage Pas de place pour deux personnes debout dans la cabine.

Pendant que l'une s'habille, l'autre doit rester couchée.

Tour à tour, on devient objet de curiosité. C. a quelques manies. Elle ne touche jamais le sol à pieds nus. Elle se contorsionne pour enfiler chaussettes et chaussons. Elle couvre vite ses seins d'une brassière beige, plie ses affaires de nuit. Je connais son odeur au réveil, qu'elle agrémente d'une pointe de jasmin. Elle connaît forcément la mienne. Elle finit de s'habiller. C'est timide, chez elle, et crispé comme la fleur de pavot dans sa gangue. Je ne sais pas si sa nature définitive est de vivre intranquille. Ce serait terrible. Un état de fond qui me

rappelle les aiguilles hypersensibles des cadrans de bord.
Dans la hâte (pour me laisser la place ?), il arrive qu'elle perde l'équilibre et se retienne à la paroi en grimaçant. On pourrait en rire toutes les deux, mais elle se trouve déjà ailleurs, déjà dans l'autre réalité qui la malmène, et son visage diurne revient. Pendant ce temps, recroquevillée dans le sarcophage, je lisse et plaque ma chevelure et la châtre dans l'élastique.

Peut-être sommes-nous deux versants d'une même montagne ?

Chandail C. tire quelque chose de son sac, un lainage indigo.
« Miracle ! » Elle vient de retrouver un dernier chandail propre au fond de ses affaires. Elle le porte à son nez, inspire profondément, se tourne vers moi, galvanisée. Comme si ce pull était le maillon indéfectible de son port d'attache. Ses yeux étourdis me fixent sans me voir, je souris, quoi faire d'autre ? Elle le met sous mon nez pour me montrer à quel point il sent bon. Je me dérobe et tourne la tête pour cacher que je l'envie.

Sous ses airs ingénus, C. est quand même une petite garce.

Je brûlerai mes chaussettes à l'arrivée.

Éternité Mon goût de l'indiscipline augmente. Je n'ai plus peur du paysage. Je marche longtemps sans prévenir. Sans plus courir. Cette vallée pourrait s'appeler « Éternité ». D'abord on croit que ce ne sont que des talus d'éboulis. Et puis ça vient. Le jaune et le vert imprimés sur la pierre. Plus j'en distingue et plus ils se dévoilent. Les lichens. Ils rampent, brossés par les pires vents. Certains sont d'un vert affadi, grisonnant, ils s'effritent sous les doigts, on dirait de la cendre. Non. Ils enjambent les siècles, pied de nez magistral à tous les monuments. Leurs crampons s'insèrent dans les granits hostiles des glaciers pétrifiés. Des heures avec ces tissus rêches, lambeaux majestueux. Leur silence sur la roche grenue. Rien ne bouge et tout évolue. Une part de mes angoisses s'éloigne. Le vent siffle sur le tranchant des roches.

Botanique C. nous tire à elle. Elle aimerait nous apprendre à apprécier la structure du lichen et celle des mousses. S. n'a pas la patience et se dégage du groupe. Z. dit qu'il n'a pas le temps pour la récréation et T. le suit. J'hésite à prétexter une affaire. N. est le seul à rester auprès d'elle. Je ne sais pas si c'est par politesse. Il pose de gentilles questions. J'entends C. lui expliquer que le lichen résulte d'une symbiose entre un champignon et des cellules associées à une algue. Il s'étonne, elle s'en réjouit. Elle va chercher quelques spécimens d'algues pour comparer. Elle explique comment ces végétaux sans racine, ni tige ni feuille se développent et colonisent les terres les plus ingrates – ils sont pionniers. C'est bien la première fois qu'elle expose ses connaissances si posément. Entretemps je me suis rapprochée. Je finis par poser moi aussi une question sur les lichens qui ressemblent à des croûtes. Elle répond avec naturel que ce sont les « lichens crustacés » et son visage s'irise, sans suprématie. Je ne lui indique pas que c'est intéressant, que c'est même magnifique, son travail et sa façon de nous le raconter. Elle aperçoit un cadavre d'abeille et le glisse dans un sachet. On se relève, N. la remercie pour cette leçon, il ne

regardera plus les lichens de la même façon.
Je m'éloigne, fâchée de n'être pas plus capable de gratitude.

Je ne l'ai encore jamais complimentée. À bord, nous rangeons tout compliment au fond de nos poches. Nous les utilisons éventuellement comme jokers quand ils peuvent nous être utiles.

La chambre d'utopie

Ici on fait croire qu'on est sans passé, qu'on n'a donc rien à perdre.
S. malade, ma cheville pas encore rétablie, nous restons à bord tandis que les autres sont descendus à terre. On a bu de la tisane ensemble. Je regardais dans le vague le rideau à fronces menant à la cabine de Z.
S. a suivi mon regard et m'a demandé si j'étais déjà entrée.
Évidemment que oui.
D'ailleurs je ne vois pas de quoi on devrait se sentir coupables dans la mesure où Z. entre quand il veut dans nos cabines où se trouvent les tableaux électriques.
J'ai dit à S. que j'avais trouvé une couchette ordonnée. Son sac de couchage momie tendu comme dans un

magasin, son édredon plié en deux, dans un filet de rangement un masque pour les yeux, des bonbons pour la toux et un nécessaire de toilette de la taille d'une petite enveloppe. Ni bibelot ni photographie, juste un beau mouchoir à carreaux aux couleurs colvert.

« Et derrière ? »

S. a souri comme un complice.

Il a fait coulisser une cloison latérale, que je n'avais pas remarquée.

Je dois l'écrire avant la fin du voyage sinon je vais oublier. Minuscule. Il faisait bleu nuit, comme dans ces églises orthodoxes ornées de longues étoiles. Une voûte céleste couvrait de part en part ce réduit ovale, sur les côtés s'étageaient des collages de planisphères anciens et de cartes marines enluminées, des plans d'empires, des parchemins, une fougère dans une ampoule suspendue, des figures d'angelots joufflus soufflant les vents, *Borée*, des noms célèbres, Ptolémée, Copernic, *De revolutionibus orbium coelestium libri VI*, Jupiter, je lisais *Mare Nostrum*, des noms de capitales englouties, des noms de mers fabuleuses et Borée, encore, encore lui. Une lanterne vénitienne et deux masques de carnaval se disputaient l'espace, un brouillon formidable d'instruments de marine miniaturisés débordaient des filets et d'une caissette à rangement, une collection de tout petits sextants, j'ai aperçu encore une trousse à couture et des atlas glissés dans une niche latérale. Je décelais un parfum. Tout se mêlait à mon esprit sous enchantement. Quoi d'autre ?

C'était un kaléidoscope, le monde tenait dans le cabinet.

Pas d'alcool, pas de drogue (manifeste), mais un coffret en chêne sanglé de fer comme écrin de ses ouvrages en papier bible, et du roman qu'il faisait lire à S.

C'était sa chambre d'utopie, son secrétaire. À lui seul, cet espace faisait voler en éclat tout de ce que je croyais connaître de Z.

Les objets semblaient habitués à traverser la houle, le capitaine avait vissé, cloué, scellé ce qu'il pouvait aux parois, le reste il le laissait s'embrouiller au-dessus d'un tabouret.

En approchant mon nez, je retrouvais cette fragrance de patchouli que j'avais cru déceler chez lui de façon fugitive, comme évadée par-delà l'odeur plus acide du marin.

Piteraq

On se rapproche des côtes escarpées. Le temps de voir des milliards de cassures et d'entrées dans les falaises: retournement. Le vent se lève. La mer change brusquement d'aspect, brossée au métal. Pleine gîte, vagues débordantes, Z. enfile rapidement sa vieille combinaison turquoise, on s'attache, *Artémis* triomphe, les fulmars s'envolent comme l'écume. Ça siffle dans les voiles. Séquence frénétique. Nos corps pris par surprise se concentrent pour rendre service en tenant l'équilibre. Je ne laisse pas l'anxiété me gagner, j'aperçois mon effort partagé avec S. Un effort qui se noue en une sorte de plaisir ébloui.
Z. crie pour se faire entendre de nous, il continue, il crie au vent, mais je n'entends pas, je ne vois soudain que sa dextérité (son génie).
Il nous mène en lieu sûr.

Piteraq, « celui qui attaque ». C'était le nom du vent.

Le coffret

Laissez-moi seule sur *Artémis*.
Je voudrais retourner là-bas, dans la grotte du capitaine.
J'en reviens, c'était bref. Pardonnez-moi. Ce ne peut être que du saccage,

quand on est forcé d'agir à toute vitesse parce qu'on entend déjà le bruit du moteur qui approche et les voix des autres, quand ils se lèvent un par un du zodiac et enjambent le bastingage et que l'un d'eux, souvent N., se dépêche de nouer la corde au taquet.

Le capitaine aussi aime les humanistes. J'ai trouvé du Boccace, du Pétrarque, et aussi le Pic de la Mirandole, *Discours sur la dignité humaine* et le traité d'*Utopie* de More, volumes à couverture dorée, imprimés à Florence, 5 × 9 cm, ils tiennent dans une poche de poitrine.
Comment se contenir ?
Laissez-moi encore un moment avec cette petite fièvre.
Mes mains tremblent comme lorsque j'ai trop de caféine dans le sang.
Camarades, si vous saviez.
Lui aussi annote ses ouvrages et corne ses pages préférées. Et là, que vois-je. Tout autre chose. Sous les *Pensées* de Marc Aurèle, mes doigts tombent sur cet opuscule doux et souple. Couverture en daim, teinture violet saphir :

Essay ~
on ~~~
friendship
Emerson

Il sent le tabac froid d'un autre temps.
Je l'ai emprunté.

T. sent l'urine

Tout à l'heure, je suis passée à côté de T. dans la timonerie.
Il griffonnait notre position dans le livre de bord.
Je crois qu'il n'aime pas cette tâche – Z. l'a pris à part, une fois, pour lui demander de s'appliquer, « c'est du travail de cochon, ce que tu nous fais là ».
Quand je suis passée, T. sentait l'urine, l'enfant qui n'a pas su se retenir.
Il y en avait plein des comme lui au foyer, c'était bouleversant.
Mon esprit a aussitôt relié cette odeur à un détail : le seul bien qu'on lui remarque est cette chaîne en argent qu'il porte à son cou de taureau et qui serre. C'est une chaînette d'enfant, qui contraste avec tout.
Je lui ai dit d'aller se laver.
Pas méchamment.

Des caleçons et un gant de toilette, sur la corde à linge, un peu poussés à l'abri des premiers regards. Je suppose que ce sont les siens.
Je m'en veux de l'avoir humilié.

Point commun, personne ne nous attend exactement au retour. Contrairement aux autres camarades.

Mentholé Ce matin, quelqu'un s'est lavé au savon.
Une odeur minérale, fraîche, presque mentholée.
Je crois que c'est N.
Il s'apprête.
Il s'apprête pour notre arrivée dans une poignée de jours.

C. le rejoint sur le capot.
Entre eux, cette entente chaste.
Ils communiquent de manière invisible et subtile.
La mer forme un écrin.
Un cerceau dont je me sens exclue.
C'est à Martha que je pense, la fiancée de N.
Comme si leur complicité passagère pouvait trahir la fiancée absente.

Martha tu n'as pas de souci à te faire. De toute évidence, N. se languit de toi. Quant à moi, je me dis qu'il faut toujours quelqu'un pour contempler la beauté des autres, ce sont là mes épiphanies.

Drôle de matin

Les camarades ont commencé à déjeuner sans moi.
La cafetière que j'avais mise sur le feu est vide.
Je leur dis qu'il y a du brouillard et du crachin.
S. me dévisage avec amusement ou dédain je ne sais pas.
Il a bien raison, je ne leur apprends rien.
Ensuite, peu de choses, le crachin se dépose sur les hublots.
La navigation sera lente. Maintenant c'est aussi calme que quand on dort, des grincements de bois, le souffle du chauffage, l'évier qui régurgite, la mer autour et le liquide en nous.
Gargouillements – mon ventre ou un autre.
N. feuillette un atlas. S. taraude les braises froides.
Je pétris une pâte à pain.
Bizarre commencement de journée.

N. s'endort sur la joue, les bras en cercle autour de la tête. On dirait qu'il protège son paysage, voudrait déjà être rentré.

À son réveil, on se chicane pour de la farine.
(J'ai terminé la blanche, il ne lui en restera plus pour la pâte à pizza qu'il prévoyait de faire.)
Au fond de moi, je lui en veux de se laisser rapprocher par C.
Je me rends détestable.

S. charpentier S. se met à genoux par terre et prend ses crayons de charpentier.
Il dit que ce paysage l'inspire.
Mais bien vite il abandonne ses croquis pour enfoncer ses mains dans le sol. Il gratte et s'abîme à creuser jusqu'à ce que vienne une odeur, quelque chose.
Ses vêtements sentent mauvais, plus le vent ni la pluie comme avant, le poisson mort.
Il est guetté par l'impatience.

Raynaud Le froid nous a appris à faire très attention. Parce que dès qu'il s'est engouffré, il nous tient. Ne laisser aucune brèche et être minutieux avec le moindre bout de peau libre. Je crois m'être endurcie, sauf aux extrémités. Problème de vascularisation. Doigts vieux jaune. Mes articulations sont congestionnées et douloureuses, plus possible de les cacher. T. se moque de mes mains bicolores. On dirait que je les ai trempées dans de la vieille cire. Z. pense que c'est la maladie de Raynaud. J'irai voir un médecin au retour.

Les chasseurs

On a entendu une série de coups de feu dans les terres.
C'était tellement inattendu qu'on s'est levés d'un bond et équipés pour rejoindre Z. sur le pont. Occupé à manœuvrer, il ne prêtait aucune attention à ce signe pourtant très clair de présence humaine. Il s'est montré surpris de nous voir nous grouper à tribord avec nos jumelles.
Du reste, il nous a sermonnés. Sur un bateau il faut savoir contenir son excitation.
J'ai pensé *Quel salaud !* Je comprends qu'il veuille accélérer le voyage et que sa passion soit de tirer des bords,

mais nous on a besoin de rencontres humaines.
De nouveaux coups de feu ont suivi.
Notre allié à ce moment-là c'était le calme plat : on avançait au pas, à un demi-mille du littoral qu'on avait tout loisir d'observer pendant que le spi traînait dans l'eau.
On a su faire fléchir Z. et le convaincre de prévoir un mouillage. N. plein de diplomatie, disant à Z. qu'un capitaine doit apprendre à se ménager. J'étais moi-même très hypocrite, j'ai ajouté qu'il méritait une bonne nuit de sommeil, lui qui en avait tellement fait ces derniers jours.
T. nous a aidés en confirmant que ça ne servait à rien de se borner à naviguer aujourd'hui, les prévisions le confirmaient, demain nous aurions du vent porteur.
Les chasseurs nous vendent une pièce de leur bœuf musqué.
On les invite à bord pour un goûter.
Nos dix paires de bottes en tas à l'entrée.
Ils apprécient la tresse au beurre faite par S.
Leur corpulence. Il fait chaud comme jamais.

Ils boivent du thé à la fraise dans nos tasses.
Nous regardons ces visages comme si nous n'avions plus vu d'humains depuis un siècle.
Ils nous chantent des chansons et sortent une petite bouteille de vodka.
Z. est catégorique: nous ne boirons pas, nous sommes vraiment désolés.
Ils comprennent et nous taquinent.
Aucune envie qu'ils nous laissent.
Ils nous offrent un jarret, on leur donne une brioche et un couteau de poche.
Ils nous indiquent qu'on est à plus ou moins trois jours de l'aéroport.

C'est inouï.

Mer tourmentée

Un iceberg très hérissé passe son chemin. Maintenant il s'éloigne dans ses piquants glacés.
On prend du large. Le vent forcit, la mer à nouveau tourmentée.
Z. dit: « Ça y est, ça c'est de la mer comme on aime. »
La mer devient pointue et compressée. Les vagues galopent, s'écrasent entre elles, écumeuses. La mer n'est plus qu'opposition, correction, contradiction, elle devient entité, elle soulève

de l'ombre et de l'obscurité. La mer se broie elle-même, se chasse, se concasse comme une dalle, *Artémis* passe un champ de bataille. Le vent forcit plus sérieusement. Il est temps d'ajuster les voiles. Z. enroule le génois, manœuvre à peu près seul, rapide comme l'éclair sur le pont, faisant coulisser à toute vitesse le mousqueton qui le relie à la ligne de vie, cette corde noire.
Ce n'est pas de la mer, ce sont des mers.

Magnétisme

Des heures plus tard. On s'équipe pour ressortir sur le pont.
Le soleil froid qui ricoche sur la mer frisée me donne une fausse impression de chaleur, de quiétude.
Je distingue ces zones de courant froid, moins ridées, où le soleil ne va pas. Ça forme des territoires à part, des balafres sombres.
Un goéland ramène de l'eau dans ses ailes.
Au loin les terres sont minérales, pelées. La neige ne va pas tarder. Mais je devine bientôt deux rivières, des tourbières et des terrassements naturels qui en font un lieu d'ancrage à

l'abri des principaux vents. Je ressens déjà son magnétisme. Si j'étais une autochtone, je dirais que c'est un lieu propice.

La recette

Avec la viande des chasseurs, N. nous cuisine une recette de famille.
C'est copieux, épicé, gras.
Il y a passé des heures.
Je termine la part de C.
Le pain ensuite dans l'huile rouge.
Nos joues brûlantes.
Nos coudes rapprochés.
C'est une fête de manger, une fête même quand on ne s'aime pas tous.

Neige

La neige tombe. C'est très beau. Elle tombe tout autour du bateau. Une chaleur vient dans ma poitrine parce que je me souviens tout à coup que c'était le temps de se regrouper au réfectoire. Vania s'installait toujours à la même place, près de la fenêtre. Il insistait pour que son chocolat chaud ne soit ni trop chaud ni déjà tiède. Il attendait sagement sa tartine et suivait chacun de mes gestes. Si j'avais fait tomber une goutte de confiture, il me regardait en attendant de voir ce que j'en ferais. J'en faisais tomber d'autres, je prenais son doigt et l'aidais à récolter ces suppléments qu'il léchait. C'était après avoir passé toute la journée à l'intérieur du foyer en regardant le livre qui montrait ces images de montagnes et de neige au fond des jardins des vraies familles.

La ville future Les calques se pressent à mes yeux. Au début il n'y a pas grand-chose, surtout une sensation d'accélération et de présence humaine. Puis ça vient, mouvement de cargos, des bateaux-remorques, des passerelles tirées, stridentes, des conteneurs, des zébrures blanches dans le ciel, le littoral se ceinture de barres d'immeubles dépareillées. Les nouvelles constructions. Du bitume pour fluidifier les déplacements. Les goélands se perchent sur les antennes paraboliques. Les humains relocalisés arrivent, déchargés par lots, poussés à s'établir. Je vois des enfants en noir et blanc, des femmes, beaucoup de femmes énergiques, soulagées en surface et déchirées à l'intérieur, tout ça en noir et blanc, je vois des appartements surchauffés, meublés à l'identique. Les oiseaux passent aux fenêtres et s'habituent.

Pendant ce temps, S. s'enchante d'un troupeau sur une crête.
Je saisis les jumelles et aperçois les ruminants à contre-jour au sommet des terres vierges.

Billet retrouvé Dans une poche de mon pantalon. C'est mon écriture, c'est mon papier quadrillé. Mais je ne sais pas quand c'est arrivé. Pendant mes 48 heures de délires ? Je le recopie ici :

La porte s'ouvre et se referme.
Des gens posent leur veste et font la queue ou font la queue en veste. Les tranches de pain sont épaisses et surmontées d'un œuf et de ketchup.
Bruissements de salopettes, de jeans, de chemises poussées jusqu'au bout de l'usure. Les voix sont basses, sources de chaleur. Les présentoirs regorgent de viennoiseries.
Je demande le nom de cette cabane. On me montre la porte, c'est écrit *Bakery* à l'envers sur la vitre.
Non loin de moi, une femme beurre un toast et le garnit de confiture. Manteau de feutre rouge, cheveux encre de Chine. Elle pique une paille dans un berlingot de jus et ajoute un peu de sucre dans un bol de myrtilles.

Elle se distingue de nous tous. Les autres la regardent, viennent lui serrer la main qu'elle garde dans la sienne tout en parlant. Serait-ce la mairesse ? Ses gestes sensibles. Son élégance. Et surtout ce sourire, qui est à l'intérieur d'elle et qui ressemble à un diamant. Je ne veux pas qu'elle s'en aille, elle me rappelle Diana.
L'inconnue se lève, repousse la chaise, s'approche de moi avec l'assiette.

Aube

On a quitté le mouillage vers 4 heures du matin.
On dormait tous. Le moteur m'a réveillée. Ce bruit d'abord poussif, qui tient aux aguets, comme s'il allait forcément caler. Mais c'est bon, ça tient, ça dure.
Pas la force de me lever, de m'équiper pour apporter mon aide au capitaine. Je me demande si les camarades se lèveront, s'ils feront mieux que moi. J'espère que non.
Les bottes de Z. tapent au-dessus de nos têtes.
On l'entend sauter de part et d'autre du pont.
Bruit de manivelles, cordages qui chutent sur le métal.
Bruit et mouvement.

Reste de houle, mon corps roule dans le duvet.
Pas la force de regarder par le hublot.
Le calme marin quand le moteur s'éteint.
Je reste couchée, j'entends le fouet d'une voile hissée.
Z. a harnaché son *Artémis.*
C'est notre avant-dernier matin.

Le bateau avance bien, d'une façon douce et régulière comme on n'avait encore pas eu. Il se maintient dans cet axe penché auquel on s'habitue. Les vagues viennent avec nous.
Nettoyage complet du pont avec T.

Pourquoi je m'attendris?
Est-ce dû à la fin qui approche?
À Vania dont j'entends de nouveau la voix dans ma tête? Au petit livre sur l'amitié que j'ai piqué dans le coffre de Z., et que je n'ai pas l'intention de rendre?
Page 43, ce passage souligné et encadré par le capitaine. La condition que la haute amitié demande:

> «Let it be an alliance of two large formidable natures, mutually beheld, mutually feared, before yet they

recognise the deep identity which beneath these disparities unites them. »

Dans la marge, une traduction du capitaine, je reconnais son écriture fine et filante.
Il faut que ce soit une alliance entre deux vastes, formidables natures, qui se sont mutuellement considérées, mutuellement craintes, avant qu'elles n'admettent enfin l'identité profonde qui les unit sous ces disparités.
Et en dernière page: *Il faut d'abord qu'il y ait deux êtres vrais avant qu'il puisse y avoir une association vraie. Il faut des notes justes pour un bel accord.*
J'aime la chaleur radieuse qui rayonne d'un cœur aimant.

Voilà sa solitude.
Ce gouffre qu'il comble de toutes ses forces.
Le point blessé au fond des yeux.

« J'ai Vania »

Z. me talonne sur un coteau enneigé pour atteindre un point de vue d'où on voit la découpe du littoral. Les camarades suivent loin derrière.
À mi-pente, il me demande si j'ai une famille.

Il faut parler du paysage, très ouvert et dégagé à cet instant précis.
Sa question m'étonne, j'étais sûre que les autres l'avaient informé.
Je réponds que j'ai ma famille d'adoption.
Non, ce qu'il demande c'est si j'ai quelqu'un dans ma vie. Encore ce paysage autour de nous, âpre, mais composé d'herbe et de plateaux de neige et qui ne se situe plus qu'à deux jours de l'aéroport. J'en perds mes réflexes de protection. Les armes se rangent d'elles-mêmes dans les armoires, je me sens molle et relâchée comme après une course. Peut-être que les paysages nous reconfigurent quand nous évoluons dedans ?
— J'ai Vania.
Je ne sais pas ce qui me prend, c'est simplement bon de pouvoir répondre. Je laisse planer l'ambiguïté de ma réponse.
Z. garde la tête baissée en marchant.
Et puis je dis que Vania est mon frère d'armes, mon ami, il est ce que j'ai de plus cher et de plus tangible.
Il s'arrête de marcher et m'écoute.
Ça me rappelle chacune des fois où il m'a regardée vraiment.
Notre cabine se calme pendant que je prends ces notes.

On avance au spi et à la grand-voile, le pilote automatique fait son travail de barreur. L'eau clapote autour de la coque, on pourrait croire qu'on est dans une grande bassine en fonte d'époque, elle-même dans une plus grande, au milieu d'un verger.

L'auteure remercie :

L'association MaréMotrice,
Jean-Louis Johannides, Rudy Decelière,
Élodie Glerum, Françoise Fornerod,
Jean-Luc Subilia, Jean Bourdelle,
Martine et Jean-Charles Piguet

Bibliographie

Anne-Sophie Subilia
Aux Éditions Zoé

Parti voir les bêtes, 2016

Neiges intérieures, 2020

L'Épouse, 2022

Chez d'autres éditeurs

Jours d'agrumes, L'Aire, 2013

Qui-vive, Paulette éditrice, 2016

Les hôtes, Paulette éditrice, 2018

abrase, Empreintes, 2021

Parti voir les bêtes, Arthaud poche, 2018

Table

Collection Zoé Poche
choix de titres

1 Amélie Plume, *Oui Émile pour la vie,* 1997

3 Maurice Chappaz, Jean-Marc Lovay, *La Tentation de l'Orient,* correspondance, préface de N. Bouvier, postface de J. Meizoz, 1997

6 Nicolas Meienberg, *L'Exécution du traître à la patrie Ernst S.,* trad. par U. Gaillard et L. Weibel, postface de D. de Roulet, 1998

9 Jean-Marc Lovay, *Polenta,* postface de J. Meizoz, 1998

17 Étienne Barilier, *Le Dixième Ciel,* 2000

23 Catherine Safonoff, *Retour, retour,* 2003

29 Matthias Zschokke, *Max,* trad. par G. Musy, 2004

33 Claude-Inga Barbey, *Petite dépression centrée sur le jardin,* 2006

36 Oscar Peer, *La Rumeur du fleuve,* trad. par M.-Ch. Gateau-Brachard, 2007

39 Adrien Pasquali, *Nicolas Bouvier, un galet dans le torrent du monde,* 2008

40 Amélie Plume, *Les Aventures de Plumette et de son premier amant,* 2008

41 Adrien Pasquali, *Le Pain de silence,* 2009

42 Metin Arditi, *La Chambre de Vincent,* 2009

43 Jean-Marc Lovay, *Aucun de mes os ne sera troué pour servir de flûte enchantée,* 2009

44 Robert Walser, *Nouvelles du jour, Proses brèves II*, trad. par M. Graf, 2009

45 Pietro Boschetti, *Les Suisses et les nazis. Le Rapport Bergier pour tous*, 2010

46 Friedel Bohny-Reiter, *Journal de Rivesaltes, 1941-1942*, 2010, rééd. 2022

47 Jean-Jacques Langendorf, *La Nuit tombe, Dieu regarde*, 2010

48 Claude Delarue, *La Mosaïque*, 2010

49 Blaise Hofmann, *Estive*, 2011, rééd. 2019

50 Catherine Lovey, *L'Homme interdit*, 2011

51 Catherine Safonoff, *Autour de ma mère*, 2011

52 Anne Brécart, *Le Monde d'Archibald*, 2011

53 Jean-François Duval, *L'Année où j'ai appris l'anglais*, 2011

55 Georges Borgeaud, *Le Soleil sur Aubiac*, 2012

56 Friedrich Glauser, *Le Thé des trois vieilles dames*, trad. par D. Renaud, 2012

57 Aude Seigne, *Chroniques de l'Occident nomade*, 2013, rééd. 2019

58 Robert Walser, *Le Territoire du crayon*, trad. par M. Graf, 2013, rééd. 2020

59 Ivan Farron, *Un après-midi avec Wackernagel*, 2014

60 Robert Walser, *Seeland*, trad. par M. Graf, 2014, rééd. 2020

61 Rose-Marie Pagnard, *Le Conservatoire d'amour*, 2014

62 Patrick Delachaux, *Flic de quartier*, rééd. 2014

64 Roland Buti, *Luce et Célie,* 2015

65 Blaise Cendrars, *J'ai tué* suivi de *J'ai saigné,* 2015

67 Alice Rivaz, *Sans alcool,* rééd. 2015, 2020

68 Nicolas Bouvier, *Histoires d'une image,* textes et 25 ill., 2015

69 Maurice Chappaz, *Testament du Haut-Rhône* suivi de *Les Maquereaux des cimes blanches,* 2016

70 Catherine Safonoff, *Le Mineur et le Canari,* 2016

72 Bessie Head, *Marou,* trad. par Ch. et N. Surber, 2016

73 Guy de Pourtalès, *Marins d'eau douce,* 2016

74 Robert Walser, *L'Étang* et *Félix,* trad. par G. Musy, 2016, rééd. 2022

75 Corinna Bille, *Emerentia,* 2016

76 Yves Velan, *Soft Goulag,* préface de P. Antonietti, postface de Ph. Renaud, 2017

77 Max Lobe, *39 rue de Berne,* 2017

78 Ludwig Hohl, *Le Petit Cheval,* trad. par A. Moeri, préface d'O. Mannoni, 2017

79 Maurice Zermatten, *À l'est du Grand-Couloir,* préface de D. Jakubec, 2017

80 Nicolas Bouvier – Thierry Vernet, *Le Courrier, la courroie, ta bonne lettre,* Fragment de la *Correspondance des Routes croisées,* préface de D. Maggetti et S. Pétermann, 2017

81 Pascale Kramer, *L'Implacable Brutalité du réveil,* 2017

82 Anne Perrier, *Le Livre d'Ophélie et La Voie nomade,* préface de D. Jakubec, 2018

83 Georges Borgeaud, *Le Voyage à l'étranger*, postface d'A.-L. Delacrétaz, 2018

84 C. F. Ramuz, *Aline*, introduction de D. Maggetti, 2018

84bis Bruno Pellegrino, *Comme Atlas*, 2018

85 C. F. Ramuz, *Construction de la maison*, introduction de S. Pétermann, 2018

86 C. F. Ramuz, *L'Amour du monde*, introduction de R. Cosandey, 2019

87 C. F. Ramuz, *Une main*, introduction de G. Poitry, 2019

88 Maxime Pietri, *Chroniques gourmandes*, préface de H. This, 2018

89 Tendaï Huchu, *Le Meilleur coiffeur de Harare*, trad. par O. Ferrard, 2019, rééd. 2021

90 Noëlle Revaz, *L'Infini livre*, 2019

91 Robert Walser, *Histoires d'images*, trad. par M. Graf, 2019

92 C. F. Ramuz, *La Beauté sur la terre*, introduction de Ch. Morzewski, 2019

93 C. F. Ramuz, *Taille de l'homme*, introduction de R. Freudiger, 2019

94 C. F. Ramuz, *Les Signes parmi nous*, introduction de G. Philippe, 2019

95 José-Flore Tappy, *Hangars*, avant-propos de Ph. Jaccottet, 2019

96 Roland Buti, *Le Milieu de l'horizon*, 2016, rééd. 2019

97 David Chariandy, *Soucougnant*, trad. par Ch. Raguet, préface de P. Chamoiseau, 2020

98 Nicolas Bouvier, *La Guerre à huit ans*, préface de S. Dupuis, 2020

99 C. F. Ramuz, *Paris (notes d'un Vaudois)*, introduction de P. Assouline, 2020

100 Robert Walser, *Petite Prose*, trad. par M. Graf, postface de P. Utz, 2020

101 Oscar Peer, *Coupe sombre*, trad. par M.-Ch. Brachard, préface de J. Meizoz, 2020

102 C. F. Ramuz, *Posés les uns à côté des autres*, introduction de R. Mahrer, 2020

103 Madeleine Bourdouxhe, *À la recherche de Marie*, 2020

104 Bernard Comment, *Château d'eau et autres nouvelles*, préface de H.-U. Jost, 2020

105 C. F. Ramuz, *Adam et Ève*, introduction de D. Hamidović, 2020

106 Max Lobe, *Confidences*, préface d'A. Mabanckou, 2021

107 Bruno Pellegrino, *Là-bas août est un mois d'automne*, postface de M. Audétat, 2021

108 Robert Walser, *Vie de poète*, trad. par M. Graf, postface de P. Utz, 2021

109 Gustave Roud, *Essai pour un paradis* suivi de *Pour un moissonneur*, préface de M. Desbiolles, 2021

110 Richard Wagamese, *Starlight*, trad. par Ch. Raguet, 2021

111 C. F. Ramuz, *L'Homme perdu dans le brouillard*, Nouvelles I (1905-1911), introduction de D. Maggetti et S. Pétermann, 2021

112 C. F. Ramuz, *Les Femmes dans les vignes*, Nouvelles II (1914-1921), introduction de D. Maggetti et S. Pétermann, 2021

113 Michel Layaz, *Louis Soutter, probablement*, préface de M. Thévoz, 2021

114 Roland Buti, *Grand National*, postface de C. Jaquier, 2021

115 Ella Maillart, *Cette réalité que j'ai pourchassée*, avant-propos d'O. Bauer, 2021

116 Nicolas Meienberg, *Maurice Bavaud a voulu tuer Hitler*, trad. par L. Weibel, préface de S. Michel, 2021

117 C. F. Ramuz, *Le Lac aux demoiselles*, introduction de J. Meizoz, 2021

118 Aude Seigne, *Les Neiges de Damas*, postface de V. Rossignol, 2022

119 Marie Gaulis, *Le Royaume des oiseaux*, postface de L. Koutchoumoff, 2022

120 Sonia Molinari, *Ne pas laisser le temps à la nuit*, 2022

121 Jérôme Meizoz, *Séismes*, préface de C. Devarrieux, 2022

122 C. F. Ramuz, *Jean-Luc persécuté*, introduction de L. Laborie, 2022

123 Oscar Peer, *La Vieille maison*, trad. du romanche (vallader) par W. Rosselli, 2022

124 Gustave Roud, *Air de la solitude,* préface de M.-H. Lafon, 2022

125 Madeleine Bourdouxhe, *La Femme de Gilles,* préface de G. Simon, 2022

126 C. F. Ramuz, *Derborence,* introduction de P. Utz, 2022

127 C. F. Ramuz, *Découverte du monde,* introduction de L. Weibel, 2022

128 Anne-Sophie Subilia, *Les Neiges intérieures,* préface d'A. de Larminat, 2022

129 Michel Layaz, *Les Larmes de ma mère,* 2022

Achevé d'imprimer
en août deux mille vingt-deux
sur les presses de CORLET,
à Condé-sur-Noireau, France,
pour le compte des Éditions Zoé
Composition CW Design, Belgique